공중부양 일기

공중부양 일기

초판 1쇄 인쇄 2010년 03월 19일
초판 1쇄 발행 2010년 03월 26일

지은이 | 이경원
펴낸이 | 손형국
펴낸곳 | (주)에세이퍼블리싱
출판등록 | 2004. 12. 1(제315-2008-022호)
주소 | 157-857 서울특별시 강서구 방화3동 822-1 화이트하우스 2층
홈페이지 | www.essay.co.kr
전화번호 | (02)3159-9638~40
팩스 | (02)3159-9637

ISBN 978-89-6023-337-9 03810

공중부양 일기

바노 이경원 지음

ESSAY

머리말

　공중부양 일기라는 이 이야기는 육체적, 정신적으로 힘들고 지쳐있던 시기에 날마다 꿈속에 나타나 나를 자극하고 영감을 준 몇 가지의 에피소드로부터 시작되었다. 이를테면 허공에 약간만 떠서 걷는다든지, 날아다니는 글자들이 나를 공격한다든지, 별을 보고 있다가 하늘로 솟구쳐 올라간다든지 하는 것들이었다.

　보통 꿈의 내용은 전율을 느끼게 할 정도로 기발한 것이거나 베개에 눈물자국을 한가득 묻혀놓을 만큼 감동적인 것이었다 하더라도 꿈에서 깨어나 현실 세계의 형태들과 조금이라도 접하게 되는 순간 모든 것이 분해되어 허공 속으로 사라져버리기 일쑤인데, 웬일인지 그때의 꿈들은 비록 뒤섞여 있는 퍼즐 조각들처럼 혼란스럽긴 하지만 개별적으로는 하나의 완전한 이미지로 아직도 생생하게 기억에 남아 있다. 마치 꿈 세계를 지배하는 조물주가 꿈을 통해 나에게 뭔가 전해주려는 것은 아닐까 하는 생각이 들 정도로 말이다.

그 당시 꿈에 가장 많이 나온 장면은 빽빽하게 집들로 채워진 산동네의 꼬불꼬불한 길을 따라 걷다가 갑자기 안개가 걷히며 신기루 같은 화사하고 아름다운 마을을 발견하게 되고 그곳에서 처음 보는 생명체들에 둘러싸여 갖가지 기이한 체험을 하는 것들이었는데, 그때마다 언제나 하늘을 날고 있는 내 모습에서 꿈이 끝나곤 했다는 게 흥미로웠다.

또, 자전거를 타고 달리다 갑자기 눈앞에 절벽이 나타난다거나 차로 다리를 건너는데 중간이 끊겨 있다거나 해서 깜짝깜짝 놀라게 하는 꿈들 역시 단골로 등장하곤 하는데, 이렇듯 사라지지 않고 지속되면서 나에게 영향을 주는 꿈들은 대게 공중으로 떠오르는 것과 관련이 있었다.

기계의 도움 없이 하늘은 난다는 것, 그건 과연 그게 불가능하다는 걸 잘 아는 우리에게 어떤 의미일까? 그런 궁금증으로 나는 이를 기초로 삼아 글을 써보자는 생각을 하게 됐다. 처음엔 영화 시나리오로 계획했던 것을 좀 더 대중적인 성장, 환상 소설로 바꾸기는 했지만, 마치 단편영화를 보는 것과 같은 느낌이 들도록 주요 사건 중심으로 호흡을 짧게 한 글들을 조합해 전체를 이루는 방식을 택했다.

어린 시절에 한 놀이공원에서 본 하늘로 올라가는 노란 풍선들의 어렴풋한 기억으로부터 이끌어낸 노란공 톤토의 이미지에는 공중부양 일기 전체를 아우르는 임무를 주었는데, 그는 종종 글을 쓰지 않는 동안에도 현실 세계로 나와 나에게 이렇게 말한다.

"저 멀리 보이는 산 너머로 가봐. 지금보다 더 너를 행복하게 해줄 일이 기다리고 있을 거야."

사람처럼 말하고 표정 짓는 노란공 톤토는 어쩌면 모든 사람들에게 꿈과 현실 속에서 각각 다른 모습으로 나타나 계속 이런 얘기를 하고 있는 그 어떤 것일 수 있다. 차분히 지나간 일을 되돌아보고 마음 깊은 곳의 작은 울림을 크게 느끼도록 돕는 특별한 유형, 무형의 존재 말이다.

제한되고 얽매인 세상으로부터 자유롭고 싶은 마음은 누구에게나 있는 것이지만, 그렇게 하면 할수록 세상은 더욱 자신을 목 조르며 힘들게 할지도 모른다는 것, 그래서 앞으로

이 냉정한 현실에 던져질 세대들은 인생을 여행하는 동안 더욱 더 바른 신념과 도전하는 용기를 갖추지 않으면 안 된다는 것을 공중부양 일기는 강조할 것이다. 그것은 바로 하늘을 나는 꿈이 나에게 해주고 싶었던 말일 지도 모르겠다.

2010년 3월

바노 이경원 씀

차례

개미

내 이름은 김정훈이다. 이제 12살이다. 그러니까 아직은 어리다고 할 수 있다. 그렇지만 중학생이 되는 내후년이면 난 더 이상 어린애가 아니다. 그때가 되면 키도 커지고 멋있게 수염도 나며 용돈도 달라진다. 술을 마시는 형들도 많이 봤다. 꼭 그런 걸 하고 싶다는 것은 아니지만 내가 할 수 있는 일이 많아진다는 건 어떻게 생각해봐도 좋은 일인 것 같다. 그래서 난 항상 시간이 빨리 갔으면 좋겠다고 생각해왔다. 이젠 몇 달만 더 지나면 어린애 취급 받는 일이 없어질 거라고 생각하니 기분이 아주 좋다. 빨리 어른이 되고 싶다.

이 동네로 이사 오고 나서 5일이 지났다. 시장이 근처에 있어서 항상 시끌벅적하고 골목길이 복잡하게 꼬불꼬불 이어져 있던 곳에 살다가 주변이 모두 아파트로만 되어 있는 조용한 동네로 오니 처음엔 조금 낯설고 심심했지만 며칠 지내보니 마음도 편해지고 기분 좋은 날도 많아져 할머니를 따라오길 잘했다는 생각이 들었다.

부모님이 안 계신 나한테 사실 선택권은 없었다. 나처럼 혼자된 지 오래되신 외로운 할머니는 나에게 너무나 소중한 분이다. 마찬가지로 할머니에게도 나는 귀여운 손자 이상의 존재일 것이다.

할머니는 아침마다 꼬박꼬박 도시락을 싸주시고 하루 종일 집안 정리를 하시다가 내가 학교에서 돌아올 때면 늘 대문 앞에 나와 의자를 놓고 앉아 계시곤 했었다. 내가 놀다가 늦어 몰래 집에 들어와도 모른 척 해주시고 평소처럼 대해주시는 할머니가 나는 좋았고 언제나 잘 따랐다.

할머니는 동물을 특히 좋아하셔서 동네에 버려진 강아지나 고양이에게 먹이를 주기도 하고 세심한 보호가 필요하면 종종 집에 데리고 오기도 하셨다. 그래서 항상 우리 집 마당은 동물들로 넘쳐났다. 종종 동네 사람들은 밤에 개소리 때문에 시끄럽다거나 동네 곳곳에 개똥이 넘쳐나는 건 모두 우리 때문이라고 불평하기도 했지만, 누구도 할머니의 동물 사랑의 순수함과 선한 마음을 놓고 뭐라고 하지는 않았다.

잠시 딴 얘기로 빠졌는데, 아무튼 할머니와 내가 정든 동네를 떠나 새로 둥지를 튼 이 낯선 곳은 우선 공기가 좋다. 코로 힘껏 들이마신 공기의 깨끗함은 예전과 확실히 달랐다. 술 마시고 밤늦게까지 큰 소리를 내며 싸우는 사람이 없으니 그것도 좋다. 전에는 정말 잠을 못 잘 정도로 창밖이 시끄러웠다. 잘은 모르지만 아파트라서 도둑이 들어올까 걱정할 필요도 없다고 들었다. 우리 새 동네는 이렇게 여러 가지 좋은 점이 있었다.

그런데 자세히 물어보지는 않았지만 방 2개에 불과한 좁은 아파트로 오게 된 것은 아마도 할아버지가 돌아가시며 남긴 재산이 점점 줄어들고 있는 것 때문은 아닐까 괜히 걱정이 되기도 했다. 철없이 공기 좋고 깨끗한 집이라고 마냥 좋아만 해서는 어른이 되지 못한다. 언젠가 한번 여쭤봐야겠다고 생각했다.

월요일에 나는 근처 초등학교에 할머니와 함께 가서 전학 절차를 밟았다. 며칠간 아프다며 미루었던 일이다. 작은 버스를 타고 10분쯤 걸려 건물들이 모여 있는 곳에 도착하니 정면으로 운동장도 넓고 건물도 깨끗한 학교가 나타났다. 생긴 지 얼마 안 된 곳이라고 들었다.

교무실에서 상담을 하며 기다리는 시간은 오래 걸리지 않았다. 그동안 할머니는 그곳에 앉아 있던 선생님들을 일일이 붙잡고 잘 부탁한다며 나를 앞세우고 인사를 하셨다. 할머니는 아마 옛날 우리 엄마를 데리고 학교에 갔을 때에도 지금처럼 하셨을 것 같다. 이젠 나이가 드셨는데 다리가 아파 잘 걷지도 못하시는 지금 또 이런 일을 또 하게 되다니, 괜히 슬퍼졌다.

이 학교는 전에 다니던 곳과 분위기가 많이 달랐다. 반을 배정받고 자리에 앉아 아이들을 살펴보니 아이들 한명 한명이 다 세련된 옷을 입고 있었다. 책가방도 공책도 비싸보였다. 아이들은 머리 모양이나 옷이나 모든 게 촌스러운 나를 약간은 멀리하려는 듯 보였다. 분명히 그렇게 느껴졌다. 내가 첫날 앉은 자리는 창문 쪽 빈자리였는데 짝꿍은 남자애였다. 그 녀석은 하루 종일 나한테 말도 걸지 않았다.

집에서 학교까지는 걸어서 15분 정도 걸리는 거리였는데 중간쯤에 이상한 과일가게가 있었다. 집에 돌아오는 길에 보니까 주인아저씨가 지나가는 아이들을 가만히 지켜보다가 가끔 한 아이에게 사과를 주며 씨익 웃곤 하는 것이었다. 험상궂게 생긴 아저씨는 아니었지만 왠지 조심해야 할 사람으로 보였다. 그래서 다음 날부터 그 길을 돌아서 가곤했는데 하루는 깜박하고 그 앞을 지나간 적이 있다. 다른 아이들도 있었는데 그 아저씨는 하필 나를 딱 노려보고 있다가 사과를 든 손을 내밀었다. 나는 무서워서 그걸 받지 않고 막 달려 도망갔다.

며칠 후 할머니가 마련한 작은 김밥가게가 문을 열었다. 겨우 테이블 3개만 있는 작은 가게였지만 아파트 입구에 있어서 그런지 며칠 지켜보니 손님은 적지 않게 있는 것 같았다. 평소에 나한테 해주시는 그 김밥 정도의 맛이라면 아마 반하지 않을 사람이 없을 것이다. 종종 내가 도울 수 있는 일이 뭐가 있을까 고심해봤다. 결론은 그냥 학교를 잘 다니는 것뿐이었다.

애들 얼굴과 이름을 익혀가며 학교생활에 적응을 해 온지 이주일 정도 지났다.

하루는 집에 가는데 내 뒤를 졸졸 따라오는 여자애가 있었다. 선생님 교탁 바로 앞자리에 앉은 키 작은 효진이라는 애였다. 내가 멈춰서 뒤를 돌아보니까 바로 딴 짓을 하고 있었지만 나를 따라온 게 분명했다. 내가 먼저 말을 걸었다.

"뭐해?"

"뭐가?"

"너 집이 이쪽이야?"

"응."

효진이는 학교에서 항상 자기가 맨 앞자리에 앉으니 뒤에 앉는 내가 자기 얼굴을 잘 모를 거라고 생각했는지 고개를 바짝 들고는 토끼 같은 큰 눈을 깜박거리며 나를 쳐다봤다.

"그럼 니가 앞에서 가."

"그러지 뭐."

나는 그냥 툭 던진 말이었는데 효진이는 삐졌는지 나를 휙 지나쳐 앞으로 쭉 걸어갔다. 그리고는 나와 어느 정도 간격을 두고 걷다가 갈림길에서 우리 집과 다른 방향으로 갔다. 툴툴대며 걷는 효진이의 뒷모습을 별 생각 없이 한참이나 서서 지켜봤는데 키가 정말 작긴 작았다. 마치 1학년 애 같았다. 그래도 처음 말해본 아인데 친절했어야 했다. 내일부턴 잘해줘야겠다고 생각했다.

그날 처음 우리 아파트 담장 길을 걷다가 높이가 낮은 나무와 꽃들로 빽빽한 화단에 들어가게 됐는데 개미, 거미 같은 작은 벌레들이 바닥을 많이 기어 다니고 있다는 걸 알게 됐다. 내가 쿵쿵거리며 나타나자 개미들이 다들 놀랐는지 서로 방향은 다르지만 아주 바쁘게 여기저기로 대피하고 있었는데, 나는 부러진 나뭇가지를 주워 그걸로 도망 다니는 개미들 뒤를 쿡쿡 찌르며 괴롭혔다. 그걸 보고 화났는지 울타리 사이로 삐죽삐죽 튀어 나온 나뭇가지들에 앉아 있던 참새들이 시끄럽게 짹짹거렸다.

며칠 후에는 쪽지 시험이 있었는데 나한텐 생각보다 너무 쉬워서 일찍 끝내고 고개를 빙글빙글 돌리고 팔도 쭉 뻗으며 여유를 부렸더니 그게 보기 싫었는지 짝꿍이 나를 선생님한테 일렀다. 내가 자기 것을 베꼈다는 것이다. 나는 전학 온 첫날부터 말도 안 걸고 내 팔이나 가방이 자기 옷에 닿으면 곧장 먼지를 털듯 밀치기도 했던 이 밉상과는 더 얘기를 하고 싶지 않아서 쭉 무시하고 지내던 차였는데 오늘 드디어 이게 거짓말로 먼저 공격을 해온 것이다.

"커닝 안했어요."

"니가 팔로 툭툭 치면서 알려달라고 했잖아."

"내가 언제?"

이 녀석의 거짓말은 정말 뻔뻔했다. 내가 이런 쉬운 문제도 몰라 커닝을 하려 했다니……. 억울했지만 선생님은 나를 믿어주지 않았다. 내 표정과 시험지를 번갈아 보더니 굵은 자로 손바닥을 몇 대 때리고는 복도로 내쫓은 선생님이 미웠지만 난 이런 일에 신경 쓰는 소심한 애가 아니다. 대신, 이름이 대범이인 이 나쁜 놈은 언젠가는 꼭 혼내줘야겠다고 생각하게 됐다.

그런데 그 일은 실천하지 못했다. 내가 맘이 여리고 우유부단한 점도 있었지만, 대범이도 그렇고 반의 몇몇 친구들도 그 일이 있은 후부터 점차 나한테 잘해줬기 때문이다. 이유는 모르겠다. 아마도 내가 좀 불쌍해보였던 모양이다. 아니면 자기들과 같은 부류라고 생각했을 지도 모른다. 어쨌든 상황이 그렇게 되니 굳이 이 애들과 다투며 지낼 필요가 없어졌다. 오히려 대범이에게 복수하겠다는 생각은 어떻게 하면 녀석과 잘 지내볼까 하는 생각으로 변해버렸다. 잘 된 일이었다. 학교에 가는 걸 싫어지게 만들던 문제 한 개를 해결했으니까. 그런데 그 사건 이후로 담임선생님이 나를 보는 시선은 여전히 싸늘해서 걱정이었다. 선생님은 수업시간마다 나와 눈이 마주칠 때면 내가 무슨 말을 해도 믿어줄 것 같지 않은 그런 표정으로 나를 쏘아봤다. 내 고민을 눈치챘는지 어느 날 대범이가 말해줬다.

"노처녀 히스테리가 있어. 그냥 무시해."

같은 반에 동수라는 애가 있다. 목소리가 특이해 전학 온 둘째 날 이름을 알게 됐을 때부터 왠지 호감이 갔던 친구였다. 마치 외국 사람들이 요들송을 부를 때처럼 말을 하다가 자주 음정이 꺾이곤 하는데, 그 때마다 동수는 흐지부지 말을 끝내는 버릇이 있었다. 난 그렇게 말하는 애를 처음 봐서 그런지 그 애와 친하게 지내고 싶어졌다. 그래서 하루는 동수를 할머니 분식집에 초대해 김밥과 떡볶이를 먹고 우리 집으로 가서 놀다가 같이 자고 다음날에야 집에 보내준 적이 있었다.

나도 처음에는 다른 아이들이 그랬던 것처럼 자주 동수의 말투를 따라하며 놀리곤 했는데, 친해지고 보니 그래선 안 되겠다는 생각이 들었다. 그래서 조심하려고 신경을 썼는데, 동수가 우리 집에서 자고 간 이후부터는 그렇게 놀려대도 오히려 동수가 기분 나빠하지 않을 정도가 됐다. 우린 그렇게 조금씩 친해져 가고 있었다.

며칠 후 일요일에 대범이가 같이 만화방에 가자고 꼬드기는 걸 거절하고 대신 우리 아파트에서 가까운 개천으로 동수와 자전거를 타러 갔다. 내가 먼저 제안했는데, 동수가 의외로 쉽게 고개를 끄덕여줘서 기분이 좋았다.

그 개천 주변은 아파트 주민들이 운동을 하러 많이 나오는 곳이었다. 개천을 따라 자전거를 타고 다니다 보면 아무래도 우리 동네 주변의 새로운 곳들을 쉽게 발견할 수 있을 것이라 생각해서 동수와 언젠가는 꼭 같이 탐험해보는 기분으로 갈 생각이었던 길이다.

동수는 몸이 좀 약해보이긴 했지만 자전거는 아주 잘 탔다. 어려서부터 부모님이 자전거를 사줘서 학교건 어디건 항상 자전거를 타고 다녔다고 했다. 내 것에는 없는 여러 가지 부품들이 갖춰져 있는 자전거를 타는 모습이 정말 멋있어 보였다. 내가 얼마 전까지만 해도 자전거를 잘 못 타서 자주 부덮치고 넘어졌던 애라는 걸 생각하면 녀석이 나보다 훨씬 어른스러웠다.

우리는 아무 말 없이 개천 길을 따라 달렸다. 의외로 걸어가는 사람이 적어서 비교적 속도를 높일 수 있는 길이었지만, 주변의 꽃이나 아파트들, 멀리 보이는 산, 구름이 뭉게뭉게 떠 있는 하늘 등을 보면서 가려니 천천히 달릴 수밖에 없었다. 나보다 한참 앞서가다가 느리게 가는 나와 보조를 맞추려고 가끔 멈춰있는 동수에게 조금 미안했다. 녀석은 세상에 대한 호기심도 없는 모양이다.

개천가에 간격을 두고 심어져 있는 나무가 땅에 그림자를 만들어 놓은 곳을 지날 때면 일일이 그 나무 그림자 몇 개를 통과했는지 개수를 세어가며 페달을 밟기도 했다. 간혹 깊게 파인 땅이 그림자에 가려져 있어서 엉덩이가 아플 정도로 자전거가 덜컹거리는 일은 있었어도 꽤 달리는 재미가 있는 길이었다.

예전에 살던 곳은 골목길마다 오토바이나 사람이 많이 지나다녀서 학교 운동장 말고는 안심하고 자전거를 탈 수 있는 곳이 없었는데, 지금은 이렇게 마음껏 달릴 수 있으니 말 할 수 없이 기분이 좋았다. 정말 다른 동네로 이사를 왔다는 게

실감이 나는 순간이었다. 내가 그동안 그렇게 답답한 곳에서 어떻게 지냈나 하는 생각이 들어 웃음도 났다.

이런 저런 상상을 하면서 그렇게 한참을 달려 이젠 그만가도 되지 않을까 라고 생각했던 곳보다 조금 더 멀리 가보니 자전거 길이 끝나고 곳곳에 돌부리가 박혀 있는 오솔길이 나왔다. 그 동네는 지나다니는 사람이 거의 없어서 완전 시골같은 느낌이었다. 길이 기울어져 있어서 자전거 타기도 힘들었다.

"이리 가면 뭐가 나오는 거야?"

먼저 도착해 기다리고 있던 동수가 숨을 몰아쉬며 자전거를 끌고 올라오는 나를 보며 불안한 듯 물었다.

"나도 몰라 처음 오는 곳이거든."

그냥 돌아가자고 할까 하다가 눈을 크게 뜨고 조금씩 언덕길을 오르기 시작하는 동수를 보니 그런 말이 쏙 들어가 버렸다.

마침 옆으로 차가 다니는 도로가 나와서 우린 그리로 올라갔다. 가끔 먼지를 일으키며 트럭이 지나다니긴 했지만 좀 한산한 도로였다. 그 도로를 따라 다시 달렸다. 100미터 정도 갈 때마다 주변에 집 한 채씩 보였다. 작은 공장 같은 것도 있었지만 아무리 둘러봐도 내가 사는 아파트나 학교 건물 같은 건 나타나지 않았다.

어느 정도 갔을 무렵, 더 멀리가면 집에 돌아가는 길을 잃을 것 같아서 근처의 한 버스 정류장 옆에 있는 구멍가게에서 쉬었다가 그만 집에 돌아가기로 했다. 누가 먼저라고 할 것도 없이 동수와 내 마음이 딱 들어맞은 것이다. 어깨랑 다리도 아프고 몸 여기저기에서 땀도 많이 났다. 동수가 가게에서 하드와 과자를 사줘서 같이 나눠먹었다.

"이 정도면 꽤 많이 온 것 같다. 오늘은 그만 돌아갈까?"

"그래, 그럼 다음에 올 땐 저 산 아래까지 더 가보자."

동수는 힘이 들어 땀을 비 오듯 흘리면서도 나처럼 돌아다니는 걸 좋아하는 것 같았다. 녀석이 손으로 가리킨 곳엔 큰 산이 있었다. 예전에 살던 집 근처에도 큰 산이 있었다. 저게 혹시 그 산이 아닐까하는 생각이 순간 들었다.

한번 갔던 길이라 돌아오는 동안은 조금 여유가 있었다. 시간도 훨씬 절약됐다. 길을 알고 오니까 흥미는 좀 덜했지만 좋은 친구와 즐거운 모험을 했다고 생각하니 왠지 뿌듯했다.

그런데 조금 시간이 흐른 뒤부터 갑자기 비가 오기 시작하면서 문제가 시작됐다. 처음엔 찔끔찔끔 내려서 별 신경 안 썼는데 그러던 빗줄기가 점점 굵어지더니 소나기로 바뀌었다. 당장 비를 피할 데가 없어 어쩔 수 없이 우린 흠뻑 젖었다. 간신히 도착한 근처의 큰 나무 아래에서 비가 멈출 때까지 옷을 말리며 기다렸다. 하지만 아무리 봐도 소나기가 쉽게 그칠 것 같지 않았다. 출발할 때 파랬던 하늘이 완전히 밤처럼 어두워져 있었다. 우리는 조금이라도 빨리 돌아가기 위해 비가 조금 수그러들 때마다 옷이 더 젖는 걸 감수하고 서둘러 집으로 돌아올 수밖에 없었다.

결국 그날 나는 감기에 걸리고 말았다. 집에서 우산을 가져다가 동수를 집 근처까지 바래다주고 돌아오는데 열이 나서 도저히 견딜 수 없는 지경까지 되어 버렸다.

"어이구 혼나려고 이 녀석이 왜 비는 맞고 댕겨."

할머니가 걱정스럽게 야단치며 약을 주셨다. 그걸 마시고 바로 잠들어 버렸다.

다음날 조금 나아져서 약을 먹고 학교에 갔지만 머리가 어지러워서 4교시까지만 마치고 중간에 조퇴를 할 수밖에 없었다. 그나마 나는 조금 나은 편이다. 그날 동수는 아예 결석을 했다. 아마 나처럼 감기가 옴팍 걸렸을 거다.

혼자 터벅터벅 걸어 집으로 오는 길이었다. 가로수 길의 보도블록 위로 어디에 숨어 있다가 길이 물에 젖으면 이렇게 한꺼번에 쏟아져 나오는 건지 모를 지렁이와 달팽이들이 많이 나와 있는 걸 볼 수 있었다. 어떤 지렁이는 너무 커서 징그러웠다. 길이 좁은데 피해서 걷기도 힘들었지만 그렇게 하지 않을 수 없었다.

돌아오는 길엔 열이 조금 더 나는 것 같았다. 어쨌든 간신히 집에 돌아왔고 그날도 대충 손만 씻고 곧바로 침대에 누워 잠들어 버렸다. 할머니는 한밤중에도 가끔씩 내방에 들어와 찬 수건을 이마에 얹어주시고 가셨다. 그때마다 깨어났지만 그냥 쭉 자는 척했다.

며칠이 지났다. 나는 감기가 다 나아서 전처럼 학교생활을 할 수 있었는데, 동수는 계속 학교에 나오지 못했다. 아무래도 그날 너무 무리를 했던 것 같다. 내가 먼저 가자고 해서 그런 일이 생겼으니 미안해서 동수네 집에 찾아가보지도 못했다.

그런데 아이들은 동수가 걱정이 되지도 않는지 동수의 자리에 자기 책가방을 올려놓거나 수업 시간에 책상을 끌어가 자기들끼리 붙어 앉거나 했다. 특히 대범이는 동수의 책상을 지우개 따먹기 게임용으로 사용했다.

동수가 나타나지 않는 날이 더 늘어났다. 선생님은 아이들한테 동수가 금방 나아서 다시 학교에 나올 거라고만 말하셨다. 물론 나를 제외하곤 그 말을 심각하게 듣는 애들은 없었다.

"평소 보이지도 않던 앤데 막상 걔 없으니까 좀 심심하다. 넌 안 그러냐?"

점심시간에 아이들 반찬 뺏어먹는 습관이 들어버린 대범이는 중학교에 올라가면 나쁜 친구들과 어울릴 문제아가 될 가능성이 큰 놈이다. 내가 뭐라고 한다고 들을 애가 아니었기에 내버려뒀다.

그렇게 벌써 동수가 결석한지 10일이 지났다. 난 안 되겠다 싶어서 그날 수업이 끝나고 동수의 집에 가봤다. 선생님 말만 믿고 있을 수는 없었다. 그러나 그가 사는 아파트 앞에서 전화를 해도 입구에서 벨을 눌러도 동수를 만날 수는 없었다. 갑자기 이사를 간 걸까?

한참을 기다리는데 스피커에서 음성이 들려왔다. 여자 목소리였다.

"누구세요?"

힘없는 여자 목소리였다.

"네, 전 학교 친구 정훈이라고 하는데요. 동수 있나요?"

"친구?"

곧 문이 열렸다. 어떤 아주머니가 고개를 내밀었다.

동수 어머니로 보였다. 안색이 좋아 보이지 않았다. 그녀는 약간 떨리는 목소리로 말했다.

"동수…… . 어젯밤에 하늘나라에 갔다. 학교에 알리지 못했구나. 미안하다."

"네?"

나는 갑자기 아무 말을 할 수가 없었다. 어머니가 들어오라는 걸 마다하고 급히 인사를 한 뒤 정신없이 아파트 계단을 뛰어 내려왔다. 믿을 수가 없었다. 놀이터에서 정신이 나간 아이처럼 멍하니 앉아 있다가 어두워져서야 길을 빙빙 돌아 집에 돌아왔다. 슬프다거나 그런 생각은 들지 않았다. 그냥 믿기지 않을 뿐이었다.

동수에게 몇 년째 앓던 심각한 병이 있었다는 걸 다음날에서야 알게 됐다. 나는 너무 충격이 커서 한동안 제대로 학교생활을 할 수가 없었다. 나 때문에 동수가 죽었다는 죄책감도 있었다. 다른 애들에게 왕따를 당하고는 나에게 다가왔을

동수를 생각하면 나에게 아무 말도 해주지 않았던 이 아이들
이 너무 밉고 무서웠다.

학생이 며칠째 결석을 하는 데도 신경도 안 쓰고 별다른
조치도 취하지 않은 담임선생님도 도무지 이해가 안 되었다.
선생님은 분명히 동수가 몸이 안 좋은 아이라는 걸 잘 알고
있었을 텐데 어떻게 그럴 수가 있을까? 할머니는 학교에서
단체 병문안 같은 거라도 갔어야 한다며 슬퍼하셨다. 갑자
기 세상이 싫어졌다. 이런 경우를 뭐라고 하더라. 동범……
공…… 그래 공범이라고 한다. 우리 모두는 동수를 죽인 공
범이다.

며칠이 지났다. 어느 날 밤새도록 비가 엄청나게 내렸다. 천
둥소리에 몇 번이고 잠에서 깨어나곤 했다. 마치 장맛비가 앞
당겨져 한꺼번에 쏟아 붓는 것 같았다. 창문에 빗방울 부딪
치는 소리가 무서울 정도였다. 나는 이불을 턱밑까지 끌어올
리고는 번쩍번쩍 번개가 칠 때마다 환해지는 내 방 이곳저곳
을 빠르게 살폈다. 어디선가 무서운 게 튀어나올지 모르는 일
이니까. 동수가 죽은 후로 나는 점점 더 겁이 많은 아이가 돼
버린 것 같다.

다음날 아침엔 날이 확 개어 있었다. 언제 그런 비가 내렸

냐는 듯이……. 학교 가는 길에 아파트 화단 길옆으로 익숙한 개미들의 행렬이 보였다. 아침에 좀 일찍 일어나 아직 등교 시간까지는 여유가 있었으므로 앉아서 개미들을 관찰했다. 가끔 자기보다 큰 빵가루 같은 걸 들고 지나가는 개미도 있고 정신없이 왔다 갔다 하는 개미도 있었다. 여전히 생김새도 제각각인 작은 벌레들도 많았다.

그런데 늘 생각하던 거지만 사람이 걸어가면 항상 이 벌레들은 밟힐 수밖에 없었다. 작아서 보이지 않을 뿐만 아니라 땅만 쳐다보며 걷는 사람도 없기 때문이다.

나처럼 이 녀석들을 신경 쓰며 걷는 사람이 과연 있을까? 동수를 잊을만해 지니까 다시 새로운 고민이 시작되었다. 날마다 길을 걸을 때면 어떻게 하면 개미들을 밟지 않고 지나갈 수 있을지 신경이 쓰였다.

땅만 보며 걷다 보니 맞은편에서 오는 자전거를 보지 못해 부딪칠 뻔한 적도 있고, 너무 늦게 걷다가 지각을 하는 일도 생겼다. 예전엔 길 곳곳에 있는 개똥을 밟을까 봐 땅을 보며 걸었는데 이젠 개미 같은 벌레들을 밟아서 죽이지 않기 위해 그렇게 하고 있는 걸 보면 나도 내가 점차 어른이 돼가고 있다는 게 느껴진다.

할머니는 어른이란 자기 자신 뿐만 아니라 항상 주변을 살피고 어려운 이웃이 있으면 도울 줄 아는 사람이라고 말하곤 하셨다. 그런 마음이 없다면 나이는 들었어도 여전히 철부지 어린애라는 말이다. 그렇다면 가족이나 친구들뿐만 아니라 아무도 보살피지 않는 이렇게 작은 생물들도 잘 지낼 수 있도록 걱정하고 신경을 써주는 나는 당장이라도 어른이 될 자격이 충분한 셈이다.

동수가 죽은 지도 한 달 정도 된 것 같다. 아직 자려고 누우면 동수 얼굴이 떠오를 때가 있다. 다음엔 자전거를 타고 저 멀리 산 있는 데까지 한번 가보자고 말했을 때 그의 밝은 표정이 꿈에 자주 나온다. 가끔 실수로 효진이 얼굴이 나오기도 한다.

우리 반은 4교시가 끝나고 점심을 다 먹으면 앞 번호부터 순서대로 장기자랑을 하는 시간이 있다. 담임선생님이 아이들 발표력과 자신감을 길러주기 위해서 매년 맡는 반마다 시행하는 것이라고 들었다. 괜히 쉬는 시간만 뺏는 거라는 아이들의 불만도 있었지만 선생님은 아이들의 얘기엔 귀 기울이지 않고 자신의 교육 원칙을 지킨다며 매년 해왔던 것이라고 한다.

특별한 장기가 없는 나는 내 차례가 돌아오면 항상 피리를 불었다. 보통 3일에 한 번씩 차례가 돌아오기 때문에 거의 매일 피리를 가방에 넣고 다녔는데 솔직히 몇 번 해보니까 이런 것들은 자신감이나 발표력 향상과는 별로 상관이 없었다. 나뿐만 아니라 다른 아이들도 그냥 평상시 했던 것을 계속 반복했기 때문이다. 선생님은 우리가 어떤 장기자랑을 하든 신경을 쓰지 않았고 점수를 주지도 않았다. 우린 그 시간이 그냥 지겹게만 느껴졌다. 하루는 평상시 기분이라면 문제없이 했을 장기자랑에서 실수를 하게 됐다.

그날 점심시간이 되고 내 차례가 오자 평소처럼 앞에 나왔는데 날마다 같은 곡만 불기 뭐해서 다른 걸 해보려고 했던 게 문제였다. 그날따라 마땅한 멜로디가 떠오르지 않아 머뭇거리다 동수 생각이 나서 그 아이가 평소 흥얼거리던 찬송가를 연주한 것이다. 맙소사 찬송가라니……

예상대로 아이들 반응이 좋지 않았다. 원래부터 절반은 공을 차러 나가고 절반은 앉아 있어도 자기들끼리 모여 잡담을 하느라 앞에 나온 사람이 뭘 하든 별 신경을 쓰는 시간이 아니긴 하지만 그때 애들 시선이 너무 냉랭했던 건 사실이다. 대범이는 고개를 절레절레 흔들면서 책상에 엎드렸다. 다른 애들보다 이놈이 제일 미웠다.

집에 돌아오는 길에 그 일을 생각할 때마다 얼굴이 화끈거려 견딜 수가 없었다. 난 내가 개미만도 못한 생명체라는 생각이 들었다. 차라리 아무 걱정 없이 사는 것 같은 개미들이 부러웠다. 그렇지만 지켜보면 볼수록 나보다 더 고귀한 이 생명체들은 너무 위험했다.

특히 사람이 아주 많이 지나다니는 곳에 사는 개미들은 더욱 그렇다. 사람과 만나지 않는 풀숲에서 자기들끼리 안전하고 자유롭게 살면 좋을 텐데······.

그날 오후 아파트 놀이터 벤치에 앉아 바닥의 개미들을 보며 멍하니 있었다. 사람이 쳐다보는 줄도 모르고 어딜 그리 바삐 가는지 이리저리 움직이는 개미들이 조금 불쌍해보였다.

'그래도 나보단 낫다니까.'

한숨이 절로 나왔다. 한참을 그렇게 있었다. 그때 누가 말을 했다.

"뭐해?"

난 처음엔 소리가 하도 멀리서 희미하게 들리기에 나한테 하는 말인지 몰랐다. 그래서 그냥 개미들만 보고 있었다.

"뭐하냐구!"

이번엔 또렷하고 크게 들렸다. 그런데 주위를 둘러봤지만 아무도 없었다. 이상했다.

"어? 누구야?"

"난 톤토라고 해. 넌 정훈이지?"

"어…… 그런데, 어디에 있는 거야?"

"여긴 구름 위야. 자세한 건 묻지 마. 설명하기 힘드니까."

나는 오래 수그리고 앉아 있었더니 헛소리가 들리나 싶어서 벌떡 일어나 귀를 두드리고 하늘을 쳐다보며 말했다.

"근데 어떻게 거기서 나한테 말을 해?"

"아…… 나는 가능해. 근데 무슨 고민이 있어?"

어느새 하늘 저 멀리에서 노랗고 밝은 공처럼 생긴 것이 천천히 내 앞으로 점점 가까이 왔다. 마치 만화에서 봤던 유에프오 같았다. 그런데 너무 작아서 그 안에서 외계인이 나올 것 같지는 않았다. 아니, 이건 어쩌면 처음 보는 새 같은 것일 수도 있었다. 그 수박만 한 것이 내 눈앞 공중에 떠 있었다.

"지금 네가 말하는 거야?"

"그래, 내가 톤토야."

"톤토?"

나는 잠깐 동안 가만히 있었다. 누가 장난을 치는 것 같아서 주위를 둘러보았다. 울타리 너머로 가끔 지나가는 자동차 외에 주위를 걷는 사람은 아무도 없었다.

"아홉~ 나 그렇게 한가하지 않아. 지금은 나와 너만의 시간이니까 다른 곳에는 신경 쓰지 않아도 돼."

"넌 누군데?"

"음~ 글쎄 내가 누굴까…… 한 가지 확실한 건 내가 널 돕고 싶어 한다는 거야. 어떻게 돕느냐구? 일단 말해봐. 무슨 고민이 있는지."

노란공 가운데에서 두 눈이 깜박거리는 게 보였다. 자세히 보니 희미하지만 코도 있고 입도 있었다. 왠지 강아지 같기도 하고 친근감이 느껴졌다.

"고민은…… 그냥 땅에 기어 다니는 개미나 작은 벌레들이 어떻게 하면 사람들한테 밟히지 않고 안심하며 다닐 수 있을

지 하는 거야."

"흐음~ 개미?"

"응, 아무 잘못도 없이 죽는 개미들이 불쌍해. 낮이라면 눈 크게 뜨고 잘 피하면서 걸으면 되지만 밤엔 그러지도 못해. 아예 안보이니까 그냥 운에 맡기고 있거든. 미안하다, 제발 내 신발에 밟히지 말아라, 그러면서."

"글쎄…… 너의 말은 알겠지만 단지 눈에 보이는 것만 살아 있는 것은 아니야. 네 주위는 모두 생명체로 둘러싸여 있어. 공기 중에도, 물에도, 음식에도, 인간의 몸 안에도 말이야. 눈에 보이지 않는 그런 걸 모두 보호할 순 없어."

"그치만……."

나는 어떻게든 내가 이 생명들을 지켜주고 싶다는 걸 표현하고 싶었다. 그런데 생각해보니 너무 작아서 보이지 않는 것은 정말 어떻게 할 도리가 없는 것이었다. 어떻게 해야 할까?

"그럼 일단 눈에 보이는 개미나 벌레들만이라도 어떻게 안 밟고 피해갈 수 있는 방법이 없을까? 계속 고개를 숙이고 바닥만 쳐다보며 걸을 순 없잖아."

"그렇지…… 그래도 노력해봐. 웬만하면 한발 한발 천천히 걸으면서…… 알았지?"

"앞으로도 그렇게 해야 돼?"

"그래. 모든 생명체가 잘 보이도록 너의 눈이 좋아진다고 해서 더 달라질 건 없어. 오히려 지금보다 더 힘들어질 뿐이야. 다음에 또 올게. 그럼……."

톤토라 불리는 그것은 곧 하늘로 올라가 사라졌다. 그는 외계인이 틀림없었다. 그러니까 지구의 생명체 따윈 관심이 없는 것이다. 내가 원하는 답도 안주고 서둘러 도망가듯이 사라지는 것만 보아도…….

집에 돌아왔다. 영 기운이 나지 않았다. 할머니가 차려놓은 밥도 안 먹고 방으로 들어와 침대에 바로 누웠다. 난 어느새 학교에서의 창피했던 일보다는 개미들 생각에 더 빠지게 됐다.

오늘도 얼마나 많은 개미들이 내 운동화에 밟혔을까? 녀석들 중에는 가족을 돌보기 위해 일을 하던 가장 개미도 있었을 테고, 애인에게 만나자는 연락을 받고 좋아서 달려가던 연애 개미도 있었을 텐데……. 내가 그들의 삶을 다 파괴한 셈이다. 괴롭다.

톤토라는 외계인과 만난 그날 이후도 날마다 나는 개미들 생각을 했다. 학교에서도 거리에서도 집 근처 놀이터에서도 땅만 보고 걸었다.

하루는 운동장을 걷고 있었는데 지나치던 담임선생님이 왜 땅만 보고 걷느냐고 내게 물었다.

"개미 밟을까 봐서요."

"저런……."

선생님은 고개를 갸웃거리며 날 이상하게 쳐다보더니 더 궁금해 하지 않고 그냥 가버렸다. 나는 혼잣말로 중얼거렸다.

"하긴 자기 학생 신경도 안 쓰는 사람이 개미에 관심이나 있겠어?"

선생님 뒷모습을 보고 있자니 다시 분노가 생겨났다. 그날 집에 돌아오는 길에 나는 결심을 했다. 아무리 작은 생명이라도 결코 밟지 않고 걸을 테다!

바로 실천에 들어갔다. 인도로 개미들이 많이 지나다니는 아파트 담장길이 시작하는 곳에 도착하면 특히 조심해야 했는데, 최대한 까치발을 하고는 한발 한발 정성을 다해서 걷는 수밖에 없었다. 평소에 몇 차례 실수를 해서 개미를 밟은 적이 있었던 곳이라 더 조심해야 했다. 결심을 하기 전에는 큰 녀석들만 피해서 걷자는 생각이었지만 이젠 아니다.

그러던 어느 날이었다. 그 길을 중간 정도 지났을 때 맞은 편에서 몇 명의 아저씨들이 담배를 물고 가까이 걸어오고 있었다. 그들은 바닥에 기어 다니는 생명엔 신경조차 쓰고 있지 않았다. 딱 그럴 것 같은 얼굴을 한 아저씨들이었다.

'땅 좀 보란 말이야!'

인상을 팍 쓰고 속으로 외쳤다. 그렇지만 내 생각대로 행동할 사람들이 아니었다. 땅을 보기는커녕 시끄럽게 떠들며 내 옆을 스쳐 지나가는 동안 그 사람들이 피우는 담배 연기가 나를 덮쳐 숨 막혀 죽을 뻔 했다.

"켁~ 켁~"

사람은 하나를 보면 열을 아는 거라고 들었는데, 보나마나 저 아저씨들은 그 어떤 것에서도 다른 사람에게 도움이 안 되는 사람들일 게 틀림없다. 겉모습만 어른이지 철없는 애나 다름없었다.

불만 가득 찡그린 얼굴로 다시 조심스레 걸었다.

그때, 하늘에서 다시 노란공이 나타났다. 하늘 멀리서 뭔가가 천천히 내려오는 게 느껴져 쭉 쳐다보며 서 있는데 바로 그 노란공이었다. 그것은 곧 내 앞까지 내려왔다. 난 이번엔 노란공이 뭐라고 하는지 궁금해졌다. 나를 정말 도와주려면 뭔가 해답을 달란 말이야! 그런데 그는 아무 말도 없었다. 그 대신 갑자기 내 몸이 가벼워지는 게 느껴졌다. 너무 가벼워 붕 떠 있는 것 같았다. 실제로 발아래를 내려다보니 내가 약간 떠 있었다. 신기했다.

"해답을 찾았어. 널 약간 띄워주면 되잖아. 그치?"

톤토가 툭 던진 한마디. 이게 마술에서 자주 나오던 그 공중부양일까? 기분이 묘했다.

"뭐야, 이렇게 떠 있으면 걸을 수는 있는 거야?"

"그럼 당연하지. 걸어봐!"

처음엔 발이 잘 움직여지지 않았다. 그래도 힘을 냈더니 곧 어렵지 않게 마치 땅에 발을 대고 걸을 때처럼 자연스럽게 움직일 수 있었다.

난 약 10센티 정도 허공에 떠 있었다. 신이 나서 팔을 마구 앞뒤로 흔들어 보았고 빙글빙글 돌아보기도 했다. 모든 게 마음대로 움직여졌다.

"됐지? 난 간다."

"잠깐, 그럼……, 집에 가서는 어떻게 해? 계속 떠 있는 거야?"

"아니, 작은 생명체를 밟지 않겠다고 생각하고 걸을 때만 떠 있을 수 있을 거야. 네 마음이 내리는 진심의 명령에 의해서만 말이야. 알았지? 도움이 됐니? 이젠 진짜루 간다."

말이 끝나기가 무섭게 톤토는 하늘로 뿅~하고 올라가더니 곧 구름 속으로 사라졌다.

나는 공중에서 계속 걸었다. 지나가던 사람이 나를 보면 아마도 내 걸음걸이가 마치 춤을 추는 것처럼 보일 것 같았다. 그런데 주위를 지나던 사람들은 그런 나를 전혀 의식하지 않았다. 그들에게 날 좀 보라고 손짓을 하며 외쳐보고 싶었지만 모두 무관심할 것 같아서 관뒀다. 대신 집에 가면 꼭 할머니한테 얘기해야겠다고 생각했다.

그날 난 태어나서 처음으로 내가 잘 태어난 녀석이라는 생각이 들었다. 우연히 외계인을 만나서 이런 신비한 능력까지 얻고 운이 좋았다. 이런 걸 뭐라고 표현해야 할까? 기분이 너무 좋았다. 발아래 개미들을 밟지 않고 걸을 수 있다는 것도 좋았지만 남들이 하지 못하는 나만의 특별한 능력이 생겼다는 게 더 참을 수 없을 만큼 좋았다.

그날 저녁 난 누워서 텔레비전을 보고 계시던 할머니에게 밤늦도록 노란공 톤토 얘기도 하고 직접 공중에 떠서 걷는 것도 보여주며 자랑했다. 할머니는 고개를 끄덕이며 웃기만

하셨다. 아마 할머니는 언젠가 나한테 이런 특별한 능력이 생길 거라고 믿어 오셨던 것 같다.

다음날 학교에서 나는 아이들에게 내 능력을 숨기고 있다가 결정적일 때 한번 보여주면서 놀라게 해주려고 단단히 벼르고 있었다.

"내가 너희들보다 백 배 더 나은 사람이 될 수 있다구. 두고 봐."

흐흐흐~ 하며 속으로 웃고 있는 내 모습이 표정으로만 드러난 게 아니라 소리도 났던 모양이다. 내 앞자리 여자애가 이상하게 뒤돌아보며 물었다.

"너 왜 그래?"

"어? 그냥…… 아무것도 아냐."

마침내 점심시간이 됐고 내가 장기자랑을 할 차례가 왔다. 이때다 싶어서 나는 피리를 꺼내지 않고 맨손으로 그냥 앞에 나왔다. 어느 때보다도 자신에 찬 내 태도에 애들이 적잖이 놀랐을 거다. 아니나 다를까 나를 쳐다보는 아이들의 눈빛이 기대감으로 반짝거리는 게 느껴졌다. 정적이 흘렀다. 나는 눈을 감고 조용히 속으로 공중부양 주문을 외웠다.

'떠라! 떠라!'

두 팔을 벌리고 마치 모든 아이들의 놀람과 부러움의 시선을 다 받아주겠다는 몸짓을 하고 기세등등하게 서서 계속 외쳤다.

'떠라! 보여줘. 그렇지!'

그러나 공중부양은 되지 않았다. 아무리 애를 써도 몸이 뜰 기미가 보이지 않았다. 아이들은 쟤 왜 저러나 싶은 표정으로 날 바라보고 있었다. 맨 앞자리 효진이가 나한테 빨리 뭔가 하지 않고 뭐하는 거냐는 표정으로 눈을 동그랗게 뜨고 중얼거리며 손으로 피리 부는 흉내를 냈다.

순간 이마에 땀이 났다. 다시 자리로 들어가 피리를 가지고 나오기엔 이미 늦었다. 어쩔 수 없이 나는 그냥 두 손을 벌린 채 하하하~ 하고 크게 웃었다. 나도 모르게 그냥 웃음이 나와 버렸다.

노란 공 톤토가 한 말을 까먹었다. 공중부양이 안 되는 건 내 진심의 명령이 아니라서 그런 것 같았다. 근데 그걸 너무 늦게 깨달아서 망신을 자초했다.

그런데 아이들은 내가 옆 반 음악 선생님의 웃음소리를 흉내 내는 장기를 한 것으로 생각한 모양이다. 의도에는 맞지 않았지만 반응이 좋았다. 박수 치는 애도 있고 웃는 애들도 있었다. 나는 애들 표정을 살핀 뒤 당연히 할 만한 장기를 했으므로 의기양양하게 자리로 돌아올 수 있었다. 이 정도로는 만족할 수 없지만 아무튼 언제라도 내 능력은 보여줄 기회가 있을 거라고 믿었다.

그런데 한동안의 우울함을 벗어던지고 기분 좋게 집으로 오는 길에서도 이상하게 공중부양은 잘 되지 않았다. 개미가 많이 돌아다니는 길인데, 이건 내 진심인데도 왜 안 되는지, 앞으로도 영원히 못하게 되는 건 아닌지 싶어 톤토를 불렀다.

"톤토~ 톤토~"

하늘에, 구름에, 아무리 불러도 톤토는 나타나지 않았다. 다시 까치발을 하고 조심스럽게 걸을 수밖에 없었다. 내가 뭘 잘못했을까? 아니다, 난 잘못한 게 없었다. 이제 다시는 공중부양을 할 수 없게 될까봐 너무 불안했다. 놀이터에서도 계속 하늘만 쳐다봤다. 노란공이 빨리 나타나주길 바라면서……

그러나 낙심하고 있던 다음날 밤 행운은 다시 찾아왔다. 오후부터 동네 아이와 야구공 놀이를 하고 있던 나는 날이 어두워지자 어느덧 공중에 약간 떠 있다는 걸 느끼게 됐다. 깜짝 놀랐다.

"이것 봐! 다시 떠 있다구!"

나도 모르게 동네 아이에게 소리쳤다. 마찬가지로 바닥에서 거의 10센티 정도였다. 나는 놀이터를 마구 뛰었다. 마치 하늘을 나는 것 같았다. 아마 속으로 놀이터 바닥에 다니는 개미를 밟아서는 안 된다는 생각을 공놀이 중간에도 끊임없이 했던 모양이다. 그래서 능력이 다시 되살아난 것 같았다.

동네 아이는 내가 좋아하며 뛰어다니는 걸 보고는 뭐라고 혼자 중얼거리다가 배고프다며 집에 돌아갔다. 오늘 놀이터에서 처음 본 애인데 내 능력에 대한 질투심이 심한 아이인 것 같았다.

나는 미끄럼틀에 올라가 뛰어내려보기도 하고 그네를 타고 멀리뛰기도 하면서 공중에 떠 있는 느낌을 만끽했다. 그러다 잘못해서 옆으로 넘어지거나 엉덩방아를 찧는 경우는 있어도 두 발이 땅에 닿는 경우는 거의 없었다. 마치 내 발과 땅이 자석의 같은 극으로 되어 있어서 서로 밀어내는 것 같은 느낌이 들었다. 그렇게 해도 균형을 잡고 서 있는 내가 아무리 생각해도 신기했다.

내가 신이 나서 팔팔 거리고 돌아다니는 게 너무 튀어 보였던 모양이다. 주위에 유모차를 끌고 아기와 함께 나온 동네 아주머니들 몇 명이 나에게 부러운 시선을 보내고 있었다. 순간 내 이런 능력을 더 많은 사람들에게 보여줘야겠다고 생각했다.

기분 좋게 집 근처 동네를 돌아다녔다. 일부러 운전자들 잘 보이게 횡단보도를 건널 때도 높이 껑충껑충 뛰며 건넜고 슈퍼마켓 앞에서도, 오락실 앞에서도 춤을 추듯이 걸어 다녔다. 그 이상한 과일가게도 지나갔는데 주인아저씨는 나를 보더니 역시 사과를 하나 주셨다. 이번엔 도망가지 않았다. 날름 받아서 한입 베어 먹었다. 그래서 발을 땅에 대지 않고 붕붕 높이 뛰는 묘기를 보여줬다. 아저씨는 빙그레 웃어주셨다. 너무 하다 보니 힘이 들었다.

집으로 돌아왔다. 얼른 저녁밥이 먹고 싶었다. 자랑하러 다닌다고 힘을 너무 소모한 것 같았다. 그렇게 보여줘도 손뼉 쳐주는 사람은 단 한 명도 없었다. 내일부터는 쓸데없이 힘을 쓰지 말아야겠다고 느꼈다.

집에 들어갔더니 이제 막 가게 문을 닫고 들어온 할머니가 저녁을 준비하고 계셨다.

"일찍 들어오렴. 나보다는 먼저 들어와야지. 걱정되잖아."

"네, 미안해요 할머니. 근데 뭐 먹을 거 없어요? 배고파요."

나는 할머니가 가게에서 싸온 호박전을 받아 작게 갈라서 입에 마구 몰아넣었다. 우걱우걱 먹는 내가 한없이 귀엽게 보이는지 할머니는 계속 미소를 지으신다. 나도 덩달아 웃었다.

밥을 다 먹은 뒤에도 아직 들뜬 기운이 남아 아파트 복도로 나왔다. 이제 곧 있으면 여름 방학이다. 내 이런 능력으로 할머니를 도와드릴 수 있는 방법을 빨리 찾았으면 좋겠다. 작은 가게 안에서 공중부양을 하고 있다고 도움이 될 게 뭐가 있을까? 무거운 음식 재료를 옮길 때 좀 도와드릴 수 있을까? 여러 생각을 해봤다.

그때 우연히 밤하늘을 보는데, 어느새 노란 공 톤토가 달 옆에 나타나 나를 보여 씽긋 미소를 짓고 있었다. 반가운 마음에 나는 제자리에서 펄쩍펄쩍 뛰면서 내 발이 땅에 닿지 않고 떠 있다는 걸 보여줬다. 그걸 본 톤토는 입이 거의 귀에 걸릴 정도로 하얀 이를 드러내며 씨익 웃었다.

내 눈에 톤토는 한 쪽 팔을 동수의 얼굴을 하고 있는 달의 어깨에 걸치고 어깨동무를 하고 있는 것처럼 보였다. 동수는 정말 동그란 얼굴이 달을 닮았었다.

'동수야 잘 있니? 나 보고 있어? 난 지금 떠 있다구.'

어느 때보다도 더 맑고 깨끗해진 것 같은 밤공기를 있는 힘껏 들이마시니 기분이 더욱 좋아졌다. 동수가 하늘에서 특별히 내려 보내준 천국의 공기를 마시는 느낌이었다. 하늘에 떠 있는 수천 개의 별들도 한껏 들떠 있는 나를 축하해주려는 듯 다양한 색으로 초롱초롱 빛을 냈다.

망원경과
라디오

 더워서 잠을 잘 수 없었다. 잘못 만들어진 모기장 사이로 들어오는 모기들 때문에 밤에는 창문을 모두 닫고 있어서 평소에도 집안이 전체적으로 더운 편인데, 오늘밤은 유난히 열대야가 심해 가만히 누워 있어도 온 몸에서 땀이 줄줄 흐르게 되었다.

 어쩔 수 없이 끈적끈적한 몸을 이끌고 간신히 거실로 나가 잘 사용 안 하던 모기향을 장식장 구석에서 찾아 피운 뒤 창문을 약간 열어두었다. 모기향 냄새가 모기보다 더 싫었지만 어쩔 수 없었다.

냉장고에서 갓 꺼낸 주스 한잔을 들이켜고 선풍기 앞에 앉아 몸을 식히니 이제야 좀 살 것 같았다. 그렇게 몇 분을 앉아 있었다. 눈을 감고 있었으면 그대로 잠들어버렸을 지도 모른다.

시계를 보니 밤 12시가 조금 안 되었다. 거실의 전등을 끄는 대신 텔레비전을 켰다. 안방에서 주무시던 할머니가 조금이라도 인기척을 냈다면 바로 텔레비전을 끄고 방으로 들어갔을 텐데 다행히 아무 소리도 나지 않았다.

채널을 돌리다보니 한 방송에서 영화 〈스타워즈〉가 이제 막 시작하고 있었다. 언젠가는 꼭 봐야하는 영화로 수첩에 적어놓고 있던 영화였지만 바쁘다는 핑계로 마냥 미루고 있던 차였다.

초등학교에 다닐 때부터 난 본드로 조립하는 모형 장난감을 무척 좋아했는데, 그 디자인이 대부분 스타워즈나 이겨라 승리호, 마징가 제트, 독수리 5형제 같은 공상과학영화나 만화에 나오는 우주선에서 따온 것들이었다. 교과서에 낙서를 할 때에도 주로 이들 작품에 등장하는 로봇이나 멋진 우주복을 입고 있는 주인공 등을 많이 그렸었다.

영화 스타워즈는 전체 이야기는 잘 몰랐고 그 영화를 베낀

스토리의 만화들로만 대강의 내용을 알고 있을 뿐이었지만 이 영화가 알게 모르게 나에게 준 영향은 컸다. 정작 영화로 처음부터 끝까지 본 적은 없었지만 말이다.

나는 그날 졸린 눈을 비벼가면서, 아니 자려고 누웠을 때보다 오히려 더 또렷한 정신으로 영화를 끝까지 보았다. 장면 하나하나가 너무 인상적이어서 시간 가는 줄 모르고 볼 수 있었다. 나도 모르게 혼자 중얼거렸다.

"이게 스타워즈구나. 왜 진작 보지 않았을까……."

이 영화가 남긴 잔상 덕분에 잠이 다 달아나버렸다. 대신 나는 한참동안 소파에 앉아 지금 이 순간에도 은하계의 다른 행성에선 저런 일이 실제로 일어나고 있지 않을까 하는 벅차고 흥분되는 꿈과 같은 상상에 빠지게 됐다. 한편으로는 모기향으로 가득한 이 텁텁하고 찌든 건물에서 먹고 자며 대부분의 시간을 보내는 나라는 인간이 한없이 초라하게 느껴지기도 했다.

그날이 계기가 된 때문인지 며칠 후 우연히 정기 구독하던 만화잡지에서 본 망원경 광고를 나는 그냥 지나치지 않았다. 우주에 대한 호기심은 어느 때보다 더 깊어졌다. 만화책을 사러 청계천 벼룩시장에 갈 때마다 상점을 지나치면서 자주 마주치게 되는 보잘것없던 망원경들인데 잡지 광고에서는 유난히 멋지게 보였던 것이다.

지금은 망가져서 어디에 있는지도 잘 모르는, 작은 쌍안경이나 장난감 같은 굴절망원경을 선물로 받아 사용해본 적이 있었지만 말 그대로 그저 장난감의 일종일 뿐이었지 애착을 가지고 있던 제품들이 아니어서 내가 갑자기 관심을 갖게 된 잡지에 나와 있는 멋들어진 구경 80밀리 반사망원경과는 비교가 되지 않았다. 나는 이 망원경이 갖고 싶어졌다.

그런데 그걸 사려면 돈을 모아야했다. 하지만 중학생 신분으로 용도 외에 돈이 나올 곳은 없었다. 그래도 지금은 방학 기간이다. 뭔가 할 수도 있지 않을까? 당장 생각나는 건 역시 신문 배달이었다. 그동안 한 번도 해본 적은 없었지만, 그래 딱 한 달만 하자고 마음먹었다. 운동할 시간도 없었는데 이런 기회에 게으른 방학 생활도 벗어나고 좋은 기회라고 생각했다.

나는 당장 근처 신문보급소에 갔고 다음날부터 일을 시작했다. 조간과 석간을 다 하면 조금 더 벌 수 있었다. 인적이 드문 주택가 골목에 위치한 보급소에는 마치 오랫동안 전문적으로 이 일만 해왔던 것 같이 능숙하게 신문과 광고지를 다루는 형들이 많았다.

신문에 그렇게 많은 광고지가 함께 들어가는지 몰랐고, 그걸 일일이 신문 사이에 삽입하는 일이 시간을 많이 잡아먹는 만만치 않은 작업이라는 것도 몰랐었다. 그걸 시킨 대로 하고나니 배달을 시작하기도 전에 벌써 힘이 다 빠져버린 것 같았다.

새벽 4시에 일어나 집을 나가려니 첫날은 좀 힘들었지만 도와주는 형들이 있어서 점차 익숙해질 수 있었다. 신문을 돌리는 데에도 많은 요령이 필요하다는 걸 알게 됐다. 체력의 문제만이 아니었던 것이다.

며칠 후부터는 석간은 포기하고 조간에만 전념했다. 오후에 시간에 쫓기며 사무실에 신문을 돌리는 건 나한텐 너무 벅찬 일이었다. 몇 번 사고를 크게 치고 혼을 빼는 일을 당하고 나서야 그런 결정을 하고 말았다. 새벽 배달은 다 돌리고 나면 운동도 되고 보람이라도 있지만 오후에는 그야말로 전쟁이었다. 신문 배달을 직업으로 할 게 아닌 이상 그렇게까지 목숨을 걸고 할 필요까지는 없었다.

어쨌든 우여곡절 끝에 그렇게 해서 한 달 만에 나는 망원경을 살 돈을 모을 수 있었다. 처음부터 방학 동안만 할 것이라고 말해뒀기 때문에 이제 좀 익숙해지려니까 그만둔다는 소리는 최소한 듣지 않았다. 사무소장님은 일을 잘했다고 칭찬해줬다.

나는 월급을 받은 날 오후에 바로 광고에 적힌 연락처를 통해 망원경을 직접 수작업으로 제작하는 금호동의 작은 공장을 찾아갔다. 처음 가보는 동네라 처음엔 헤맸는데 거리도 시끌시끌하고 복잡한 것이 마치 어릴 때 살았던 곳과 비슷해서 그 시절 생각이 조금 나기도 하는 동네였다. 게다가 왠지 장인정신이 투철한 사람들이 모여서 살고 있을 것 같은 느낌을 주는 곳이었다. 내가 갔을 때는 작업 조수로 보이는 사람만 있었다.

제품을 보며 이런저런 설명을 그에게 듣고 나서 나에겐 무척 컸던 망원경과 접안렌즈, 부품 하나하나까지 꼼꼼하게 챙겨 들고 집으로 왔다. 그 대학생으로 보였던 작업 조수는 물건을 공장에까지 직접 와서 사가는 내가 신기했던 모양이다. 몇 개 사은품을 더 끼워주기도 하면서 친절히 대해줬다.

그 무거운 걸 들고 간신히 집에 도착해 방에 부품을 쫙 깔아놓고 잠시 한숨을 돌렸다. 혹시 뭐 빠진 거라도 있지는 않은지, 불량 부품은 없는지 설명서와 비교해보며 살펴봤다. 우유 한잔을 들이켜고 조립을 했다. 별로 시간이 걸리지 않았다. 설명서대로 꼼꼼하게 조립을 하다 보니 어느새 튼튼한 망원경이 완성되었다. 뿌듯했다.

망원경을 창밖이 잘 보이는 거실 소파 옆에 세워두고 밤이 되기를 기다렸다. 다행히 그날 구름이 없어서 하늘은 파란 상태였다. 무척 흥분된 상태로 시간이 빨리 가기만을 기다리는 내 모습을 보고 할머니는 그냥 지나치지 않았다.

"그게 뭐니?"

"망원경이에요. 어두워지면 이걸로 별 볼 거예요."

"별?"

"네……."

할머니는 그냥 방에 들어가셨지만 표정으로는 마치 별은 그냥 눈으로 보면 되지 뭐 하러 이런 큰 게 필요하냐고 말하시는 것처럼 보였다.

인절미 한 접시를 먹으며 기다린 끝에 마침내 날이 어두워졌다. 남쪽 하늘에 달이 떠 있어서 하늘에 별이 많이 보이지는 않지만 망원경을 통해 본 하늘은 그 자체로 정말 황홀했다. 책에서 봤던 달의 생생한 모습이 렌즈를 통해 내 눈에 들어왔다. 마치 달에 근접한 우주선을 타고 창문으로 내다보는 것 같은 느낌이 들 정도로 달의 모습이 가깝고 생생했다.

그날 이후 일주일 안에 작은 반달처럼 보이던 금성과 토성의 고리도 볼 수 있었다. 책으로만 보던 모습을 내 눈으로 직접 확인할 수 있다는 것만큼 기분을 들뜨게 하는 일은 없을 것이다.

"할머니 토성 보실래요? 고리도 보여요."

"토성?"

"네, 신기해요."

"에이구~ 보고 싶어도 눈이 잘 보여야지……."

내가 밤늦게까지 잠도 안자고 있으니 걱정이 됐는지 거실을 왔다 갔다 하시던 할머니는 망원경은 안보고 모기향만 피워놓고는 그냥 들어가셨다.

방학이 끝나기까지 며칠 남지 않은 기간 동안 맑은 날이면 나는 언제나 별자리 지도책을 뒤져가며 여름철 밤하늘을 모두 탐색해 나갔다. 아무리 밝은 별이라도 망원경으로 보면 그저 하나의 점일 뿐이었지만 가지각색의 빛깔을 내는 별들의 무리가 군집을 이루어 있는 우주의 모습이 너무 좋았기 때문에 그런 열정을 불태울 수 있었던 것 같다. 다행히 공기가 깨끗하고 맑은 날이 계속돼 망원경을 들여다보며 밤하늘과 어울리는 일이 가능했다.

하루는 같은 반 친구 병수네 집에 망원경을 들고 갔다. 원래 자랑만 하고 가지고 오려고 했는데, 그날 밤을 꼬박 세며 같이 별을 보게 됐다. 알고 보니 병수도 별보기를 좋아했던 것이다. 별자리에 관한 한 나보다 더 많은 걸 알고 있었다. 그렇지만 망원경은 가지고 있지 않았다. 처음에 내 것을 보더니 예전에 갖고 있던 자기 망원경보다는 약간 작은 것이라고 말은 했지만 막상 다루는 게 서투른 걸 보면 가져본 적이 없는 게 틀림없었다.

병수네 집 옥상에 올라가 원목 평상에 모기장을 치고 병수와 함께 누웠다. 수박과 참외를 먹다가 망원경으로 별을 잠깐 봤다가 하며 뒹굴뒹굴 시간을 보내니 마치 어딘가로 여름휴가를 온 것 같은 기분이 들었다.

"방학동안 어디 놀러가지도 못했는데……. 개학할 때까지 매일 이렇게 보내고 싶다."

"환영이야. 나도 가끔 여기 올라와서 자는데 너랑 같이 있으면 엄마한테 혼나지도 않을 거고 나야 좋지 뭐."

병수네 집이 약간 언덕에 있어서 불이 켜 있는 근처 집들을 망원경으로 내려다보는 것도 재미있었다. 우리는 전

등을 모두 끄고 주위를 캄캄하게 한 상태에서 조심스럽게 움직였기 때문에 소리만 너무 크게 내지 않으면 들킬 염려는 없었다. 병수는 오히려 별보다는 그런 것에 더 빠져 있었다. 사춘기 호기심은 못 말리는 법이다. 한참을 웃고 떠들다 누가 먼저랄 것 없이 우리 둘 다 잠이 들었다. 새벽엔 좀 추웠다.

여름 방학이 끝나고 다시 학교생활이 시작됐다. 방학은 정말 언제나 빨리 간다. 날짜가 한참이나 남아서 멀게만 느껴지던 개학일도 결국에는 돌아오고 만다. 방학 동안에는 하루하루를 마치 냉장고의 비밀 칸에 숨겨두고 먹던 초콜릿 캔디가 조금씩 없어져가는 기분으로 보내게 된다. 처음에 살 때는 두툼하고 푸짐해 보이지만 날마다 꺼내 먹다보면 아무리 적게 먹는다고 하더라도 점점 부피가 줄어들면서 슬프게 만들다가 결국 며칠 지나지도 않은 것 같은데 빈 봉지만 남게 된다. 그래도 올해 여름방학엔 신문 배달도 하고 사고 싶던 망원경도 구입했으니 나름대로 보람이 있었다.

그런데 역시 학교를 다니다보니 망원경을 만지는 일이 점점 줄어들게 되었다.

숙제에 매달리고 시험 기간이 다가오면서 망원경은 방구석으로 밀려난 채 먼지가 쌓여만 갔다. 가끔 꺼내 볼 때에도 예전만큼의 감동은 없었고 곧 흥미를 잃게 되곤 했다.

그렇게 한때 내 중학생 시절을 지배했던 밤하늘과의 인연은 사라져갔고 대신, 다람쥐 쳇바퀴 같은 무의미한 학교생활이 내 대부분의 시간을 빼앗아 갔다. 시간은 빠르게 흘러갔다.

어느덧 제법 바람도 차갑고 노란 은행잎이 학교 앞 도로에 수북이 쌓여가는 가을이 왔다. 예전부터 나는 4계절 중 가을을 가장 좋아하는데 아주 끔찍하게 싫어하는 바퀴벌레들이 사라지는 기간이기 때문이다. 나는 평소에도 바퀴벌레는 신이 만든 실패작이라고 생각해 왔는데 그것들이 추워서 땅속으로, 벽속으로 사라져 나타나지 않으니 무조건 기온이 내려가는 가을을 반갑게 맞이할 수밖에 없다. 내가 가을을 좋아하는 이유는 단지 그것 하나다. 물론 땀이 많이 나서 불쾌해지는 여름이나 너무 추워서 움직이기도 힘든 겨울보다는 역시 새로운 새싹이 피어나며 생동감이 느껴지는 봄이나 독서의 계절이라는 가을을 좋아하는 게 일반적이기는 하다. 내 경우에는 조금 다르지만 보통 사람들이 생각하는 이런 이유에서도 가을을 여전히 좋아한다.

하루는 매점에서 빵으로 간단히 점심을 먹고 있는데, 작년에 같은 반이었던 민주가 나를 알아보고는 계속 힐긋힐긋 쳐다보는 게 느껴졌다.

뒤로 묶은 머리에 교복을 단정하게 입고 있는 그녀는 여학생 부반장이었고 나는 줄반장을 맡아서 다른 애들보다는 좀 더 친하게 지내곤 했는데, 반이 달라진 이후부터는 만날 일이 거의 없던 친구였다.

그녀가 매점에서 볼펜을 하나 사는 것 같더니 나한테 다가와서 대뜸 말했다.

"나 다음 주에 전학 간다."

"그래?"

일부러 별 관심 없는 척 대답했다.

"응……."

나는 앉으라고 손짓을 했지만 민주는 그냥 서 있었다.

"그림 하나 그려줘."

"무슨…… 그림?"

"내 초상화도 좋고……."

그녀는 내 표정을 살피며 말했다.

"왜? 자신 없어?"

"아니…… 그건 아니지만."

"오늘 되니?"

"어디서?"

"미술실에서 그려줘. 7교시 끝나고 나랑 같이 가자."

민주는 아주 당당하게 얘기했다. 나는 내가 왜 그림을 그려
줘야 되는지 몰라 확실히 대답을 안 하고 꾸물거렸다.

"너무 재지 마! 그림은 나도 그릴 줄 알아."

민주는 가방에서 자신이 그린 만화를 꺼내 보여줬다. 그림
테크닉은 꽤 있어 보였다. 어떤 면에선 나보다 더 잘 그리는
것 같기도 했다.

"근데, 왜 그려달라는 거야?"

"그럼 이따 보자."

확실하게 하겠다는 대답은 하지 않았지만 그녀는 그렇게
알고 있겠다는 듯 일방적으로 제안하고 가버렸다. 좀 수줍음
을 타는 것 같았다. 작년까진 저런 애가 아니었던 것 같은데

이상해졌다.

오후 수업 시간 내내 집중이 되지 않았다. 은근히 수업이 끝나는 시간이 기다려지기는 했다.

기억을 떠올려보니 민주는 비록 여학생 부반장이었지만 누구도 그녀를 여자로 보지 않았던 것 같다. 무엇이든 앞장서서 직접 처리하는 걸 좋아했고 남자 애들보다 더 화끈했으며 목소리도 컸기 때문이다. 그래서 남학생들도 같은 반의 다른 여학생들에게 보냈던 호기심 어린 눈빛을 민주에게 만큼은 보내지 않았다. 그녀는 가끔 혼자 멍하니 창밖을 내다보며 사색을 즐길 때도 있었는데, 나는 그게 멋있다고만 생각했었다. 지금 생각해보면 민주는 밖으로 드러난 생활과 달리 뭔가 외로운 구석이 있던 친구 같다.

어느새 7교시까지 다 끝났다. 내 생각엔 눈 깜짝할 사이에 수업도, 종례도 끝난 것 같았다. 시간이 벌써 이렇게 지났나 하는 생각에 시계를 여러 번 보기도 했다.

책가방을 정리하며 집에 갈 준비를 하던 애들을 피해 둘러보니 민주는 다른 애들 눈을 의식해 교실에서 좀 멀찌감치 떨어진 복도 끝에서 나를 기다리고 있었다. 나는 머리를 긁적이며 다른 볼일이 있는 척 하다가 그냥 그녀에게 갔다. 그리고 우린 같이 옆 건물 5층에 있는 미술실을 찾아 들어갔다.

처음 들어가 본 곳이었다. 아담하지만 각종 그림들과 조각들이 놓여 있어 뭔가 예술적이고 자유로운 느낌이 나는 그런 곳이었다. 마침 그곳엔 몇 명의 학생이 스케치 연습을 하고 있었는데 우리를 크게 신경 쓰지는 않았다.

민주가 연필과 도화지를 나한테 갖다 주고는 거울을 보며 자기 머리를 다듬었다. 얼떨결에 연필을 받아든 나는 책가방을 옆에 걸쳐놓고 의자에 앉았다. 한 3미터 떨어진 곳에 자리를 잡고 앉은 민주는 눈을 동그랗게 뜨고 약간 입 꼬리를 올리며 어색한 모델들이 하는 특유의 표정을 지어 보였다.

"이제 그려."

"어떤 느낌으로 그릴까?"

"보이는 대로."

나는 차분하게 스케치를 시작했다. 눈, 코, 입 하나씩 세심히 살펴가며 특징을 살려 그려 나갔다. 그러다보니 나도 모르게 나는 민주가 앉은 쪽으로 조금씩 몸을 이동해 가고 있었다.

불현듯 민주가 무척 예쁜 아이라는 걸 느끼게 됐다. 여학생의 얼굴을 그렇게 자세히 오랫동안 뚫어져라 본 적은 일찍이 없었다. 게다가 검은 테 안경을 쓰고 다니던 그녀의 안경 벗은 모습은 처음 봤다. 심장이 두근두근 거려 그림을 어떻게 그려야 할지 몰랐고 당황하는 내 표정을 들킬까 얼굴을 제대로 쳐다볼 수도 없었다.

시간이 흘렀다. 어떻게 다 그렸는지 모르겠다. 내가 그린 그림 같지도 않았다. 완성된 그림을 보여줬더니 민주는 어느 정도 만족해하는 것 같은데 다만 겉으로 드러내 보이지는 않으려고 애쓰는 표정이 역력했다.

그림을 받으면 무슨 의미 있는 얘기라도 해줄 줄 알았다. 그런데 별 거 없었다. 들고 있던 지퍼 바인더에 그림을 넣고는 대신 가방을 뒤적거리다 뭔가 두툼한 주머니에 든 걸 꺼내 나한테 줬다.

"이거 가져. 난 집에 여러 개 더 있거든"

워크맨이었다. 요즘 학교에선 워크맨을 가지고 다니며 음악을 듣는 게 유행이었기 때문에 나도 평소 사고 싶어서 항상 노리고 있던 제품이었다. 나는 받자마자 이리저리 살펴보았다. 거의 새것이었다.

"그거 라디오도 나오고 오토리버스도 돼."

"정말 주는 거야?"

"그래."

민주는 더 이상 다른 얘기는 하지 않고 잠시 망설이다가 다시 가방을 뒤적이며 뭔가를 꺼냈다. 작은 엽서가 들어있는 봉투였다. 그냥 쑥 내밀기에 나는 엉겁결에 받았다.

"그럼…… 고마워…… 간다."

뜸을 들이던 민주는 이런 마지막 말을 남기고 먼저 미술실을 나갔다. 주위를 둘러보니 그림을 그리던 학생들이 우리의 행동을 계속 지켜보고 있었던 모양이다. 얼굴이 벌게지는 것 같아서 헛기침을 몇 번 하고는 무슨 일 있었냐는 표정으로 당당하게 미술실을 나왔다.

아래층으로 내려와 복도에서 그 봉투를 열어봤다. 거기엔 내가 책상에 앉아 공부하고 있는 옆모습을 그린 그림이 들어 있었다. 작년에 민주가 직접 그린 것이었다. 갑자기 가슴이 짠해졌다.

창가에 서서 밖으로 나간 민주가 운동장을 지나가는지 지켜봤다. 민주의 모습은 보이지 않았지만 왠지 내가 둘러보는 어느 쪽에선가 지나갈 것만 같아서 창문을 옮겨 다니며 찾아봤다. 그러나 이미 사라지고 없었다.

좀 아쉽기도 하고 미안한 마음이 들기도 하면서 집에 오는데, 워크맨 한쪽에 정민주라는 이름이 작게 새겨져 있다는 것을 알게 됐다. 눈여겨보지 않으면 발견하기 어려운 위치에 써져 있었다. 다시 한 번 이런 생각이 들었다.

"작년까지는 정말 이런 애가 아니었는데……."

사실 그녀는 왈가닥이었다. 태권도 유단자인데다가 애들하고도 자주 싸워서 남학생들 사이에서 기피대상 1호 여학생이었다.

민주하고는 그림을 그려준 그날 이후로 더 이상 만나지 못했다. 옆 반을 찾아가 뭔가 얘기를 하고는 싶었지만 애들도 많고 그래서 용기가 없었다. 바보 같았다. 그런데 마찬가지로 그 애도 날 찾아오지 않았다. 점심시간에 옆 반 복도를 걸으며 슬쩍 쳐다볼 때마다 민주는 항상 자리에 없었다.

며칠 후 민주는 정말 전학을 갔다. 어느 학교로 갔는지 알아보려고 생각은 했지만 역시 행동으로 옮겨지지는 않았다. 왜인지는 정말 모르겠다. 그냥 쿨하고 싶었던 걸까? 나도 나를 잘 모르는 부분이다. 대신 나는 민주가 남기고 간 선물인 워크맨을 날마다 끼고 살았다. 학교에서, 집에서, 버스 안에서 늘 워크맨에서 나오는 음악을 들었다.

그녀가 주고 간 워크맨에 새겨져 있는 민주라는 글자가 그렇게 이상한 감정을 줄지는 몰랐다. 날마다 민주 생각이 나는 것이었다. 미술실에서의 그녀의 예쁜 모습이 자꾸만 떠올랐다.

"내 거랑 같은 모델이네."

병수가 자기 워크맨을 보여주며 말했다. 색만 달랐지 똑같았다.

"얼마 줬어?"

"선물 받은 거야."

"응…… 이거 좋아. 테이프도 안 씹고. 떨어뜨려도 잘 고장 안나."

"그래, 처음부터 단단하게 보이더라."

"내가 최신 팝 녹음한 게 있는데 들어볼래?"

"네가 직접 고른 거야?"

"아니, 우리 집 앞에 레코드가게에 가면 주인아저씨가 최신 곡만 모아서 녹음해줘. 가격도 얼마 안 들어."

"아, 그래? 그럼 나도 하나 부탁한다. 가요로."

병수의 도움으로 한동안은 최신 가요 녹음 테이프를 듣는 일에 빠져 지냈다. 좋아하는 곡 리스트로만 마치 새로 발매된 제품처럼 들을 수 있는 일이 꽤 재미있었다. 그런데 슬슬 그런 것도 귀찮아지자 언젠가 부터는 라디오를 주로 듣게 됐다.

디제이가 들려주는 사연과 함께 흘러나오는 음악들을 듣는 것이 항상 같은 음악만 나오는 딱딱한 테이프로 듣는 것보다 더 좋았던 것이다. 음악이라는 게 원래 좀 많이 듣다보면 금방 지겨워지니까 그랬던 것 같다.

곧 겨울이 왔다. 크리스마스 기간이 되자 스튜디오에 옹기종기 모인 출연자들끼리 얘기하면서 캐럴을 부르는 것을 내 방에서 라디오로 듣는 것을 좋아하게 됐고 매일 밤이 기다려졌다.

라디오 공개방송에서 입담 좋은 출연자들끼리 나누는 대화가 어떤 텔레비전의 코미디 프로그램보다 더 재미있었다. 매주 특정 시간엔 공개방송을 통째로 녹음해서 잠자기 전까지 계속 반복해서 들었다.

날마다 시간을 체크해가면서 오늘은 방송에 누가 출연하는지, 어떤 음악이 나오는지, 신청곡은 무엇으로 할지, 이런 걸 따지며 라디오에 심취하는 날이 늘어났다. 내가 좋아하는 가수가 나오는 날이면 며칠 전부터 잠이 오지 않을 정도로 설레곤 했다.

그렇게 시간이 흘렀다. 겨울이 가고 방학도 끝나면서 이제 3학년이 되었다.

몇 달 동안 다른 잡념을 버리고 공부만 했다. 그렇게 할 수 없을 것 같았는데 막상 해보니 잘 되었다. 아마 내 안에 있는 또 다른 내가 이제 라디오는 그만 듣고 공부할 것을 명령하며 내 몸을 그렇게 이끌고 간 것 같았다. 덕분에 성적은 쑥쑥 올랐고 다른 학생들이 평소 공부 잘한다고 부러워하던 반장까지 재치고 반 1등도 할 수 있었다. 나도 내가 정말 대견했다.

그런데 그 후로 사실 좀 귀찮은 일이 생기긴 했다. 애들이 모르는 게 있으면 자꾸 나한테 묻는 것이었다. 어쩌다 한번 1 등 한 것 가지고 너무 잘난척한다고 할까 봐 그때마다 잘 알려주긴 했지만 솔직히 나도 잘 모르는 게 있었다. 그래서 모르는 걸 억지로 꿰맞춰서 잘못 알려준 적도 많았다. 특히 병수에겐 그렇게 많이 했다.

공부에 전념했던 때에도 워크맨은 내 손에서 떠난 적이 없었다. 물론 전처럼 녹음에 열중했던 것은 아니다. 테이프로 최신가요를 듣다가 관심사가 라디오로 옮겨갔던 것처럼 용도가 역시 조금씩 달라져 갔다. 공부에 집중하기 위해 이어

폰을 끼고 음악을 듣는 시늉만 하게 된 것이다. 가끔 흥얼
거리기는 했지만 사실 음악을 들은 건 아니고 단지 주위 소
음을 차단하는 뭔가가 필요했을 뿐이었다. 이어폰을 안 끼
고 있으면 어딘지 허전하고 신경이 쓰이며 집중도 되지 않았
기 때문이다. 이건 내 생각인데 실제로 음악도 듣지 않으면
서 이어폰을 그런 용도로 사용한 학생이 나 말고도 많이 있
었을 것이다.

중학교 생활의 마지막 여름 방학을 며칠 앞둔 날, 나는 학
교로 도착한 편지 한 통을 담임선생님으로부터 받았다. 뜻밖
에도 민주한테 온 것이었다.

애들이 놀릴까봐 가방에 넣어 두었다가 수업이 끝나자 애
들을 피해 학교 운동장 구석으로 가서 편지를 뜯어봤다.

"나는 새로운 취미가 생겼어. 밤하늘을 보는 일이야. 처음
제주도로 이사를 왔을 때 새로 친구 사귀기도 어려웠고 오랫

동안 외로웠지만 맑은 밤하늘은 마음껏 볼 수 있어서 좋더라. 여긴 공기 맑은 시골이거든. 너도 지금쯤 나와 같은 하늘을 보고 있겠지?"

나는 혼잣말로 중얼거렸다.

"나도 밤하늘 보는 것을 좋아해."

서둘러 집에 돌아온 나는 민주한테 전해줄 답장을 쓰기 위해 곧바로 책상에 앉았다. 못 본지 거의 1년 만이니까 나도 할 말이 많았다. 그런데 막상 펜을 드니 하나도 생각나지 않았다. 머리를 긁적이며 첫 문장부터 고심하고 있는데 방구석에 비닐에 덮인 채 책들과 함께 있던 망원경이 눈에 들어왔다.

조심스럽게 그걸 꺼내 먼지를 닦았다. 생각보다는 렌즈를 비롯해서 모든 게 상태가 좋았다. 곧장 하늘이 잘 보이는 마당으로 옮기고 날이 어두워지기를 기다렸다. 다행히 어제까지 비가 내려서 대기는 깨끗했고 하늘엔 구름 한 점도 없었다.

저녁을 먹고 마당에 나가니 까만 하늘이 활짝 열려 있었다. 작년 여름밤보다 내 망원경의 성능이 몇 배는 더 좋아진 것 같은 느낌이 들 정도로 잘 보였다. 할머니가 빨래를 걷으러 마당에 나왔다가 내 옆에서 하늘을 보고 계셨다.

"잘 보이니?"

"네…… 한번 보실래요?"

"그래, 어디."

할머니는 망원경을 한번 들여다보시더니 역시 눈이 침침해 아무것도 안 보인다며 웃으시더니 마른 빨래를 들고 들어가셨다.

망원경으로 볼 때 배율이 올라가면 올라갈수록 시야가 어두워지기 때문에 좀 답답하게 보이는 건 사실이다. 나야 우주 보는 일에 흥미가 있으니 어두워도 동공을 최대한 여는 수고를 하며 보는 거지만 이런 것에 관심이 없는 어른들한텐 이게 뭐하는 짓인가 싶을 게다. 그들에겐 어쩌면 맨 눈으로 보는 밤하늘이 더 매력적일 수 있는 법이다.

그렇게 오랫동안 접안렌즈에 눈을 대고 오랜만에 보는 우주의 매력에 빠져 있었다. 사실 우주라고 할 것까지는 없었다. 태양계를 벗어나기만 해도 보이는 건 작은 점들뿐이니까. 작년 겨울 방학 때라도 아르바이트를 해서 좀 더 큰 걸 살걸 그랬나 하는 후회가 잠시 들었다.

그렇게 망원경을 가지고 마당에 나온 지 몇 시간이 지났다.

슬슬 그만 마무리하고 잠자러 방에 들어갈 준비를 하다가 마침 천정 부근을 보게 됐는데 그때 무엇인가가 움직이고 있는 게 보였다. 그것은 신기하게도 한쪽으로만 움직이는 게 아니라 지그재그로 내 망원경 시야에 들어왔다 나갔다 반복하고 있었다. 처음엔 벌레인줄 알았는데 그게 아니었다. 호기심이 생겨 계속 그 움직이는 것을 추적했다. 놓치지 않기 위해 눈 깜박이는 것도 최대한 자제했다. 그건 정말 영화에서 본 것처럼 은하계 저편에서 날아온 우주선이 아닐까 하는 생각이 들 정도로 생생했고 신비하게 보였다. 별처럼 작아서 점으로밖에 보이지 않는 그 희미한 물체는 분명히 별은 아니었다. 아주 느리게 방향성 없이 움직이는 걸로 봐서 지구 상공에 떠다니는 위성도 아닌 게 틀림없었다.

그렇게 몇 분이 지났다. 시간이 지나도 그 물체는 좀처럼 사라지지 않고 하늘을 자유롭게 날아다니고 있었다. 이젠 맨눈으로도 또렷하게 보였다. 내가 손가락으로 그걸 가리키면 옆에 있던 누구라도 금방 찾아볼 수 있는 밝기였다. 그게 무엇인지 궁금해서 도저히 견딜 수 없었다.

그때였다. 망원경에 눈을 대고 그 물체를 자세히 보고 있는 사이 나는 내가 점점 하늘로 올라가고 있다는 사실을 알게 됐다. 내 몸이 망원경과 함께 뜨고 있는 것이었다. 정신을 차리고 보니 어느덧 찬바람이 쌩쌩 불어오는 지구 상공을 비행하고 있었다. 발아래를 내려다보니 도시의 불빛들이 무서울 정도로 화려하게 펼쳐져 있었다. 하늘로 올라갈수록 나는 망원경을 꼭 붙잡고 그저 바람에 의지한 채 가만히 이 신비한 현상을 만끽했다. 아무리 높이 올라가도 왠지 불안한 생각은 들지 않았다. 안전하게 다시 돌아오게 될 것이라는 믿음이 있었다. 우주를 올려다보니 별 사이에서 움직이던 그 물체는 사라지고 없었다. 대신 내가 붙잡고 있는 망원경이 우주선이라도 되는 듯이 마치 내가 봤던 그 물체처럼 자유자재로 하늘을 날고 있음을 깨달았다.

속도가 붙자 나는 눈을 꽉 감았다. 잘못해서 기절하면 어떻게 되나 두려워지기 시작했기 때문이다. 망원경은 빠른 속도로 나를 우주로 데리고 갔다. 바람이 잦아들더니 어느덧 지구 대기권을 벗어나 달 쪽을 향해 날아갔다. 달에 가까워질수록 작아서 볼 수 없었던 분화구들이 모습을 드러냈고 달을 한 바퀴 돌면서 지구에서는 안 보이는 뒷면까지 자세하게 볼 수 있었다.

내가 여기에 어떻게 와 있는지는 더 이상 중요하지 않았다.

눈앞에 펼쳐진 광경 그 자체에 내 모든 생각과 시선이 집중됐
다. 화려하다, 멋있다, 거대하다 따위의 말은 소용이 없었다.
입이 벌어진 채 다물어지지 않을 뿐이었다. 어디에 가서 이런
걸 다시 볼 수 있을까. 나는 단지 가만히 지켜보기만 하면 되
는 거였다. 돈을 낼 필요도 없고 엄청난 시간이 걸리는 것도
아니었다.

눈 한번 깜짝하는 사이 이번엔 화성이 나타났다. 화성의 대
협곡과 극광을 이렇게 가까이서 볼 수 있다니, 모든 것이 놀
랍도록 신기했다. 저 곳 어딘가에서 화성인들이 금방이라도
로켓포를 발사하며 나를 공격해올 것 같았다. 외화 〈브이〉의
파충류 외계인들이라면 더 끔찍할 것이다. 곧 목성과 그 위성
들도 기묘한 형태를 뽐내며 내 앞에 펼쳐졌다.

망원경의 이끌림에 의해 토성의 고리를 보게 되기까지 단
몇 분이 지나지 않았다. 누군가의 조종을 받는 망원경은 과
감하게 토성의 고리를 이루는 작은 암석 덩어리 사이를 헤
쳐 통과했고 곧 천왕성, 해왕성을 지나 각종 성단과 우주먼
지, 처음 보는 별과 행성들, 은하계 저 먼 곳까지를 직접 나
에게 보여주었다. 황홀 그 자체였다. 모두 집에서 망원경을
통해 볼 때에는 하나의 점으로 밖에 보이지 않던 것들이었

다. 난 마치 창문 밖을 내다보며 스쳐지나가는 낯선 풍경에 도취되어 어리둥절해 하고 있는 열차에 탄 꼬마가 된 기분이었다.

그때 갑자기 미술실에서 민주의 얼굴을 그리던 생각이 다시 났다. 지금 민주는 뭘 하고 있을까? 내가 지금 보는 이 우주를 그 애도 볼 수 있을까?

"네가 그림을 그릴 때 사실은 고백하고 싶었어. 그렇지만 이미 내가 예전에 그렸다가 숨겨두고 있던 그림만 주고 떠나기로 미리 마음먹었기 때문에 그럴 수 없었어."

마치 우주 저 편에서 민주의 목소리가 전파를 타고 날아와 내 귀에 들어오는 것 같았다.

"난 눈이 그렇게 나쁘지 않았어. 그런데 갑자기 미술실에서 너에게 그림을 그려준 이후 눈이 나빠지면서 안경을 쓰게 되었지."

중학교 2학년 겨울이 되면서 쓰기 시작한 이 어색한 안경. 민주의 검은 테 안경이 남긴 이미지 때문일까? 나도 지금 검은 테 안경을 쓰고 있다.

수많은 형태의 은하를 스쳐 지나가는 동안 라디오에서 자주 흘러나오던 내가 좋아하는 음악이 어딘가에서 들려왔다. 주위의 어떤 지적인 생명체가 살고 있는 행성에서 지구의 라디오 전파를 받아 재전송해주고 있는 것 같았다. 이 아름다운 멜로디를 인식할 수 있는 외계인이라면 분명 선한 존재일 것이다. 적어도 스타워즈에 나왔던 악의 무리들은 아닐 것이다.

"서울 양재동에서 김정훈 학생이 사연을 보내주셨네요. 공부가 너무 힘들고 지칠 때마다 저희 프로를 듣는다고 했는데요. 정말 감사합니다. 학생 때는 정말 많은 걸 보고 배우는 시기인 것 같습니다. 다시 돌아오지 않는 소중한 시기이기도 하구요. 저의 경우를 돌아보면 학창시절 있었던 일들이 하나도 빠짐없이 모두 기억에 남아 있습니다. 좋았던 기억, 안 좋았던 기억 모두 바로 저의 발자취이고 저만의 역사라고 생각을 하면 쉽게 잊고 싶지 않았던 것 같습니다. 정훈 학생도 즐겁고 기억에 남는 학창시절이 되길 바랍니다. 신청곡 띄워 드릴게요."

내가 좋아하는 음악이 흘러나왔다. 양 옆으로 스쳐지나가는 아름다운 은하의 모습을 보면서 음악을 듣고 있자니 마치 우주의 한복판으로 여름휴가를 온 듯한 느낌이 들었다. 올 여름에도 어디에 놀러 갈 수 있을 것 같지는 않았는데 이런 행운이 찾아오다니. 망원경에게 감사했다.

갑자기 생각났다. 지금의 나를 이루고 있는 나라는 사람의 정신과 가치관과 됨됨이 등 모든 것은 학교에서 한 공부가 아니라 라디오에서 흘러나오는 사연과 음악, 사람들의 대화 등으로부터 터득한 것이 아닐까? 어쩌면 라디오는 내 중학생 시절의 모든 것이었는지도 모르겠다. 지금 내가 떠 있는 이곳 우주를 여행하게 해준 이 망원경과 함께 말이다.

"자아~ 자, 다들 조용히 하고, 이상으로 반장 선거를 마친다. 새로 뽑힌 반장과 부반장, 각 간부들을 중심으로 반 운영을 잘 해주길 바란다."

우리는 선생님이 시키는 대로 간부들끼리 악수를 했다. 반장에 이어서 부반장인 민주가 다른 애들을 거쳐 내 쪽으로 왔다. 내 앞에 선 검은 테 두꺼운 안경을 쓰고 키는 삐죽 큰 마른 여자애. 그런데 다른 애들 얼굴을 일일이 쳐다보고 여유 있는 모습으로 악수를 하던 민주는 곧 내 앞에 와서는 나를 빤히 쳐다만 봤다. 방금 전까지의 당찬 표정이 아니었다.

"왜?"

내가 궁금해서 물었다.

"어……, 아냐……. 잘 부탁한다."

우린 수줍게 악수를 나눴다. 그리고 각자 자리로 돌아와 앉았다. 가방을 정리하고 집에 갈 준비를 하다가 문득 고개를 돌렸을 때 민주와 눈이 마주쳤다. 나는 멋쩍게 웃었다.

은하계를 헤쳐 저 먼 곳 우주의 끝으로 향해 달려가는 망원경을 꼭 붙잡고 있는 동안 내 얼굴에도 역시 같은 미소가 남아 있음을 느낄 수 있다.

글자 나라

오늘도 나는 집 근처 도서관에 와 있다. 특별한 일이 없는 일요일이면 언제나 난 이곳에서 대부분의 시간을 보낸다. 가끔 같은 반 애들도 만나지만, 고등학교에 올라오면서 자주 만날 수 없었던 중학교 친구들이나 다른 학교 여학생들을 볼 수 있기 때문에 시험 기간이 아니더라도 습관적으로 오게 된다. 집에서 하는 것보다 공부도 더 잘된다.

아침에 일찍 나왔기에 창가 쪽에 좋은 자리를 잡을 수 있었던 나는 오전 내내 공부에만 전념했다. 다른 잡념이 모두 사라진 채 책에만 집중할 수 있었던 건 오늘 오전까지만 해도 몸이 가볍고 기분도 안정돼 있었기 때문이다. 잠시도 한눈을 팔지 않고 시간 가는 줄 모른 채 영어 교과서에 밑줄을 그어놓은 단어들 위주로 연습장에 몇 번이고 반복해서 적어가며 외우는 데 전력했다.

점심을 먹고 나서는 마침 식당에서 만난 학교 친구들과 도서관 휴게실에서 음료수를 마시며 잠시 잡담을 나눴다. 녀석들을 종종 도서관에서 보게 되는데 대게는 나와 비슷한 생각을 하며 오는 것 같았다. 그중엔 아예 노골적으로 괜찮은 여학생이 있는지 열람실이고 자료실이고 대기실 같은 데를 기웃거리느라 바쁜 녀석도 있다.

1층 홀이 내려다보이는 2층의 난간은 늘 공부하러 온 게 아니라는 걸 행동으로 표현하는 학생들의 차지가 된다. 그 앞을 지나다 보면 평소에 좀 논다는 애들이 가끔 그곳에서 목격되곤 한다. 어딜 가든 그들의 자유지만 시끌벅적 떠들며 웃는 소리가 다른 학생들의 공부를 방해하고 있다는 생각을 하지 못하는 그런 애들을 이곳 도서관에서까지 보게 되는 건 분명 유쾌한 일은 아니다. 좀 이런 데는 안 와줬으면 싶은 생각이 한 두 번 든 게 아니었다. 아무튼 그런 건 중요하지 않았다. 나만 정신을 똑바로 차리면 그만이다.

화장실에서 찬물로 세수를 하고는 머리 위로 깍지를 끼고 기지개를 켜면서 자리로 돌아왔다. 오전의 맑은 정신을 그대로 지켜낼 생각이었지만 그래도 오후의 나른해진 몸 상태는 어쩔 수 없는 것 같았다. 다시 제대로 공부를 해보자는 생각에 책을 펼치고 앉았는데 예상대로 시간이 갈수록 점점 졸음이 밀려왔다. 턱을 괴던 팔에 힘이 빠지며 책상에 인사하기를 수십 차례.

잠깐 눈을 붙이고 나서 상쾌한 마음으로 공부를 해보자는 생각에 책을 치우고 책상에 엎드렸다. 자다가 끙끙 앓는 소리를 내는 버릇이 있어서 혹시 몰라 얼굴을 창가 쪽으로 두고 최대한 웅크렸다.

그런데 막상 그렇게 하자니 자세가 불편해 도무지 편치가 않았다. 졸리긴 한데 편하질 않으니 여간 애매한 상황이 아니었다. 자는 것도 안자는 것도 아니었다. 그래도 옆자리 학생들에게 피해를 주면 안 되었기에 조용히 있어야했다.

그렇게 이도저도 아닌 멍한 상태로 누워있던 중에 한쪽에 쌓아뒀던 내 책 중에 하나가 조금씩 꿈틀대며 열리려고 하는 걸 느끼게 됐다. 나는 깜짝 놀라 고개를 벌떡 들었다. 책 안에서 뭔가가 꼼지락거리고 있었다.

벌레인 모양인데 무척 기분이 나빴다. 하필 벌레가 잠을 자려고 하는데 책에 들어와서…….

눌러 죽이고 싶었지만 책이 더러워지는 건 일단 싫었으므로 기어 나올 때까지 기다리고 있었는데 잠시 후 벌레가 아닌 이상하게 생긴 녀석이 페이지 틈사이로 비집고 나타났다. 기역 형태의 글자였다. 그 글자에 눈과 입과 두 손, 두 발이 달려 있었다. 그는 10센티 정도 돼 보이는 작은 몸을 털며 나를 노려보았다.

"흠흠…… 이봐 잠깐 시간을 내줄 수 있겠나?"

무게감이 느껴지는 말투였다. 나는 할 말을 잃어 멍하니 있었다. 지금 책에서 나온 글자가 나한테 말을 한 거였다.

주위를 둘러봤는데 다른 사람들은 미동이 전혀 없었다. 시계도 사람도 모든 게 정지된 상태였다. 자리에서 일어나 좀 더 멀리 쳐다봐도 움직이는 사람은 없었다. 눈을 꾹 감았다 다시 떴다. 그대로였다.

"우리가 좀 난처한 상황에 빠져서 그러네. 나랑 같이 가지."

기역 형태의 글자는 뒷짐을 지고 책 주위를 돌며 침착하게 나에게 말을 걸었다. 걷는 폼과 말투를 봐서는 어른이었다.

"저요?"

"그래, 자네처럼 좀 큰 친구가 필요해."

"무슨 일인데요? 당신은 누구죠?"

"얘기를 하자면 좀 길어. 일단 나를 좀 따라오게나."

기역은 책상을 두리번거리더니 내 형광펜 하나를 챙기고는 방심하고 있던 내 오른손 손가락 한 개를 덥석 잡았다. 그리고 내 책 속으로 데리고 들어가려 했다. 크기가 내 손바닥만 한 그 글자의 힘은 무척 쎘다. 나는 얼굴을 찡그렸다. 설마 이 책 속으로 나를?

그 생각을 하는 순간 난 몸 전체가 붕 뜨더니 책 속으로 쏙 빨려 들어가 버렸다. 어떤 생각을 할 겨를도 없었다.

시간이 얼마나 흘렀는지 알 수가 없었다. 몇 분이 지났는지 몇 시간이 지났는지, 아니면 순간적이었는지 모를 그 시간 동안 단지 내가 느낄 수 있었던 것은 캄캄한 공간을 지나 곧 형형색색으로 물든 꽃들로 가득한 들판에 도착했다는 것이었다.

밝은 빛에 노출되어 눈을 크게 뜰 수 없었지만 어슴푸레 주위를 둘러보니 넓은 평원에 여러 채의 집들이 모여 있고 내

키 정도 되어 보이는 나무들이 길을 따라 가지런히 늘어서 있는 게 보였다. 동화책 속에 나오는 그런 풍경이었다. 그리고 내 바로 옆엔 기역 뿐만 아니라 니은, 리을, 지읒 등의 모습을 한 글자들이 팔짱을 끼고 나를 씁쓸한 눈으로 지켜보고 있었다.

내가 정신을 못 차리고 누울 듯 앉아 있는 동안 리을이 떨떠름한 표정으로 나를 훑어보며 기역에게 말했다.

"음……. 인간이 아닌가? 언제부터 자네가 인간에게 의지했지?"

"이번만큼은 어쩔 수가 없어. 이대로 당하고 있을 순 없지 않나?"

니은이 말했다.

"자네 방법이 이거였나? 실망이군. 인간이란 더 믿을 수 없는 존재들이 아닌가?"

"나는 이 사람을 오랫동안 지켜봤네. 우릴 도와줄 거야."

니은은 뒤돌아서며 말했다.

"음, 그래도 이건 아냐. 찬성할 수 없군."

"나를 믿게. 자, 우리끼리 이러고 있을 시간이 없네. 서두르세."

기역은 조금 떨어진 곳에 앉아 있는 지읒에게 갔다. 지읒은 나머지 글자들보다 조금 화려한 의상을 입고 있으면서 묵묵히 이들의 토론을 지켜보고 있는 걸 보니 그들보다 높은 직책으로 보였다.

기역이 지읒에게 고개를 숙이며 말했다.

"스승님 최후의 수단입니다. 허락하여 주십시오."

지읒은 입술을 깨물며 대답을 하지 않고 있었다.

"저기…… 무슨 일인지 제가 알면 안 되나요?"

나는 이들의 대화가 무엇을 주제로 하는 것인지 궁금해서 물어봤다. 분명히 내 이야긴데 나만 소외시키고 이럴 수는 없는 거였다. 그랬더니 기역이 잠깐 고민하다 말했다.

"인질로 잡혀간 제자 피읖을 구출해오는 일이네. 그 아이가 마음이 약해 적들의 고문을 이겨내지 못할 거야. 하루빨리 데려와야 하네."

"피읖이요?"

"우리 최고의 용사인 이응이 동행하게 될 걸세."

나는 멍해졌다.

"이응은 그간 우리 전쟁에 모두 참여해 공을 세운 영웅일세. 다만 이번엔 자네의 도움이 필요하구만. 힘을 보태주

게나."

전쟁이라……. 공부하러 도서관에 왔다가 이게 웬 날벼락인가 싶었다. 낮에 잠깐 잠을 자고 나서 다시 시작하겠다는 생각이 불러온 화였다. 나는 뒷머리를 쓸어내리며 찝찝한 표정을 지었다.

앉아있던 자리에서 일어나 먼 곳까지 둘러보았다. 수평선까지 초원이 이어져 있었다.

내가 일어서자 리을과 니은은 내가 생각보다 훨씬 크게 보이는 듯 약간 놀라며 고개를 바짝 들어 내 얼굴을 올려보았다.

그때 지읏이 조용히 말했다.

"이길 수 없는 싸움이야……. 저들의 지도자가 비록 노쇠했다고는 하나 그들은 단결하고 있고 세상에 끼치는 영향력은 아직 막강하네."

다른 글자들이 모두 동의한다는 듯 고개를 숙였다.

리을이 말했다.

"우린 시간을 벌어야 합니다. 우선 피읖을 구출해온 뒤 그들과 협상을 해보도록 하지요. 어차피 그들도 원하는 건 협상입니다. 서로 원하지 않는 싸움을 하다가 본의 아니게 사고라도 발생하면 돌이킬 수 없게 됩니다."

"음……. 그래, 너의 말이 옳다. 그러나 신중히 행동하라. 무리한 전술은 항상 무리한 결과를 초래할 뿐이야."

기역이 말했다.

"알겠습니다. 그럼 이응을 부르겠습니다."

지읒은 자리에서 일어나 느낌표와 물음표의 시중을 받으며 좀 떨어진 거대한 책처럼 생긴 저택으로 향했다.

잠시 후 기역이 하늘에 반지로 신호를 보내니 곧 멀리서 이응이 땅을 쿵쿵 울리게 하며 뛰어왔다. 덩치가 매우 좋았다. 그래봐야 10센티지만.

이응은 우리가 있는 곳에 도착하자마자 장비가 든 가방을 내려놓으며 숨도 고르지 않고 말했다.

"결정 났소?"

목소리는 우렁찼다. 눈썹도 매우 험악하게 보였다.

"그래, 여기 이 사람과 동행하거라."

기역과 리을이 손가락으로 나를 가리켰다. 나를 위 아래로 훑어보던 이응은 됐다는 듯 한손으로 코를 후비며 무시하는 표정을 지었다.

"그들의 책장은 매우 크고 넓어, 우린 빠른 시간 안에 찾을 수 없다고."

이응이 어쩔 수 없다는 듯 손을 툭툭 털며 말했다.

"알았수, 이봐 떠나지."

나는 얼떨결에 이응이 가자는 곳을 향해 걸었다. 이응은 기역에게서 형광펜을 받아 자기 가방에 푹 찔러 넣었다. 이응의 가방은 꽤 두툼해 보였는데 반면 나는 준비물이고 뭐고 아무것도 없이 빈손이었다. 걸으면서 뒤돌아보니 니은과 리을은 의자에 기대고 앉아 걱정하는 눈빛을 하고 있었고 그 옆에 서 있는 기역은 그들에게 뭔가를 계속 설명하고 있었다. 아마도 인간인 내가 자신들의 세계에서 뭔가를 한다는 게 못마땅한 모양이었다. 아니면 내가 그들이 원하는 것을 할 수 없다고 생각하는 것일 수도 있다.

어디론가 가는 동안 이응은 아무 말이 없었다. 대신 주머니에 들어 있는 콩을 자주 꺼내 먹었다.

"어디까지 가야 돼요?"

덩치에 맞지 않게 이응의 뒤를 졸졸 따라가던 내가 먼저 말을 꺼냈다.

"이봐! 그냥 말 놓지. 누가 나한테 존댓말을 하면 불편해서 말이지. 그리고 난 젊어. 아까 그 양반들과는 달라."

"그래……. 그런데 어디로 가는 거야?"

"잭슨의 도서관. 적들의 본거지야."

"도서관?"

"그래, 책들이 가장 많은 곳이니까. 거기서 놈들은 자신들의 문자로 된 책을 생산하고 그들로 하여금 우리를 공격하게 하지."

"책이 왜 너희를 공격하지?"

"왜일 것 같나? 이거 덩치만 컸지 아직 철이 없구만."

이응은 한참 투덜대더니 아무래도 내가 걷는 속도가 훨씬 빠르다는 걸 알았는지 내 다리를 기어올라 어깨에 올라탔다.

"좀 빌리자구……."

나도 싫지는 않았다. 작고 앙증맞은 것들과 대화를 하고 있다는 것 자체가 기분 나쁘지 않았다.

나는 뭐 그냥 가서 보면 알겠지 싶은 생각에 더 물어보지 않았다. 어차피 이곳은 나보다 더 큰 생명체는 없을 것 같았기 때문에 무서울 것도 없었다. 나는 뭐가 나타나든 다 덤벼도 얼마든지 상대해주겠다는 자신감을 갖고 어깨를 쭉 펴고 걸었다. 왠지 장군이 된 것 같았다.

푸른 초원을 지나 주위에 아무것도 보이지 않는 황량한 벌판 같은 곳을 한참을 걸었다. 구름 한 점 없는 파란 하늘에 태양이 당장이라도 뜨거운 불을 뿜을 기세로 떠 있었다.

옷으로 땀을 닦으며 조금 더 걸으니 오염되지 않은 깨끗한 물이 흐르는 맑은 개천이 나타났다. 잠시 휴식을 취하는 동안 이웅은 몸 전체를 물에 담그며 더위를 식혔고 나는 그보다 위쪽으로 가서 투명한 물을 거울삼아 간단히 세수를 했다. 자세히 보니 작은 물고기들이 많이 살고 있는 개천이었다.

"이 강이 우리와 그들 사이의 경계야. 하지만 적들이 지키고 있지는 않지."

"왜?"

"굳이 그럴 필요가 없기 때문이야. 그들은 경계 따위는 신경도 쓰지 않는다고. 언제든지 마음만 먹으면 쉽게 바꿀 수 있으니까."

그때 개천 한쪽에서 물고기 한 마리가 땅으로 툭 튀어 올라왔다. 철퍼덕 소리를 내며 몸에 묻은 물기를 털어내던 물고기는 눈동자를 이리저리 굴리며 나와 이웅을 번갈아 쳐다봤다.

"나를 상류로 데려다 줘. 여기선 물이 너무 투명해 살 수가 없어."

물고기는 애원하는 눈빛으로 우리 쪽을 향해 조금씩 움직여 왔다.

"이봐, 니 스스로 움직여서 가야 할 것 아냐. 우린 바쁘다구."

이응이 매몰차게 거절했다.

"우리 힘으로는 안 돼. 어느 날 난 갑자기 이곳으로 오게 됐는데 말이야. 내 원래 고향이 어딘지도 모르겠고, 처음 보는 녀석들하고 지내기도 너무 힘들고 그래. 상류에서 흘러 내려온 친구의 얘기를 들어보니 그곳은 살만 하다더군. 하류로 가면 갈수록 깨끗해져서 짐승들에게 잡아먹히기 딱 좋고 말이야."

둘러보니 어느새 물가에는 수십 마리의 물고기들이 올라와서 눈을 껌벅거리며 우리를 바라보고 있었다. 마치 이 물고기의 부탁을 들어주면 자기들도 달려오겠다는 기세였다.

"상류는 어느 쪽이죠? 얼마큼 가야 하나요?"

"관둬, 우린 할 일이 있잖아."

이응은 내 손을 잡고 일어나 잡아끌었다. 물고기들이 최대한 불쌍한 눈빛으로 나를 보고 있었지만 나도 어쩔 수 없었다. 이곳 지리라도 알면 어떻게든 도와줄 텐데…… 이웅과 함께 강을 건너 멀리 가는 동안 뒤돌아보니 실망한 물고기들이 하나 둘 개천 안으로 퐁당 들어가고 있었다.

"왜 하류로 갈수록 물이 깨끗해지지?"

"왜냐하면 주로 하류에 적들이 살고 있기 때문이야. 당연히 물을 깨끗하게 해줘야겠지. 그런데 정확히 말하면 물 자체가 깨끗해지는 건 아니고 개천 바닥이나 주변이 더러워지기 전에 미리미리 청소하는 거지."

우린 다시 길을 재촉했다. 이번엔 험한 바위들로 이루어진 산을 통과해야 했다. 인간인 나의 기준으로 볼 때 높지는 않았지만 경사가 급하고 곳곳에서 바위가 무너져 내려 넘기가 쉽지는 않은 산이었다. 손을 땅에 대고 거의 네 발로 걷다시피 하며 간신히 산을 오르는 동안 이웅은 내 어깨에 앉아 이리 가라 저리 가라 지시만 내렸다. 생고생이었지만 왠지 모를 모험심이 나를 강하게 자극했다.

"아! 다 왔군. 저기야."

산 중턱쯤에 올랐을 때 멀리 이웅이 가리키는 곳에 하얀 건축물이 내려다 보였다. 서둘러 산을 넘어 그곳에 가까이 갈수록 들판 한가운데 있는 웅장한 도서관의 모습이 부자연스럽고 을씨년스러우면서도 불길한 모습으로 다가왔다. 도서관 위쪽 하늘에 검은 구름이 머물러 있는 것이 마치 악한 마법사라도 살고 있는 것처럼 보여 전혀 도서관답지 않은 곳이었다. 높이는 5층에 불과했지만 이 친구들한테는 굉장히 큰 건물인 셈이다. 내가 자주 다니는 집 근처 도서관도 5층이니 내부 구조가 비슷할 것이라는 생각이 들었다.

도서관 입구에 도착하자 이응은 어깨에서 내려와 분주히 도서관 주변을 살핀 후 건물 한쪽 귀퉁이에 주저앉아 잠시 숨을 골랐다.

"기다려봐. 도서관을 지키는 문자들이 밥 먹으러 가는 시간을 이용해야 돼."

나도 이응 옆에 앉았다. 그런데 밥 얘기를 하니까 살살 또 배가 고파졌다.

"점심 먹은 지 얼마 안 된 것 같은데 또 배고프네."

"이거라도 먹어볼 거야? 우리하곤 입맛이 좀 틀릴 텐데."

그가 준 콩은 까만 초콜릿 같이 생겨 볼 때는 먹음직스럽긴 했지만 실제 먹어보니 맛은 밋밋했다. 오히려 씹을수록 거북한 향이 베어 나와 도저히 먹을 수 없어 옆에 뱉었다.

"툇툇! 아~ 미안해."

"괜찮아."

그런데 그때 옆에서 이상하게 생긴 녀석이 어디선가 나타나 내가 뱉은 콩을 집어 먹었다. 무슨 기호처럼 보이는 녀석이었다. 난 화들짝 놀랐다.

"뭐야?"

"아~ 신경 쓰지 마. 버림받은 문자야."

"버림받은 문자?"

"그래, 오래 전에 폐기돼서 쓰임이 없어진 친구들이지. 의미가 사라졌고 발음이 없어져 말도 못해."

그 기호는 콩을 다 먹더니 나를 보고 뭐라고 웅얼웅얼했지만 뭐라는 지는 알 수 없었다.

"도와줘야 되는 거 아냐?"

"그럴 필요 없어."

이응은 그 기호에게 콩 하나를 더 준 뒤 쫓아냈다. 기호는 뒤뚱뒤뚱 거리며 멀리 사라졌다. 좀 불쌍해 보였다.

잠시 후 건물 외벽에 걸려 있던 큰 디지털시계가 1시를 가리켰다. 도서관 벽 한쪽 창문이 있는 곳 옆에 숨어 있는데 곧 안에서 웅성거리는 소리가 잠시 동안 들리다가 사라졌다.

"됐어, 녀석들이 지하로 내려갔어. 들어가자. 나만 따라와."

나는 이응의 뒤를 졸졸 따라갔다. 큰 문과 복도를 지나 책들이 많은 1호실로 들어왔다. 주위를 둘러봐도 움직이는 것은 아무도 없었다.

"여긴 누가 오는 도서관이야?"

"누구긴 적들이지."

"그 적들도 너희처럼 글자로 되어 있어?"

"아니, 놈들은 형체가 없어. 정확히 말하면 우리가 볼 수 없지."

무슨 말인지 잘 이해가 되지 않았지만 아무튼 좀 긴장해야 했다. 이응을 따라 조심히 책장 쪽으로 들어갔다.

이응은 뭔가 장비를 꺼내고 있었다. 작은 기계를 손목에 차고 로프, 칼 등을 몸에 둘렀다.

"잘 들어. 여기서부터 우측에 있는 책장의 책을 모두 뒤져서 피읖을 찾아. 피읖이 어떻게 생겼는지 알지? 어느 책 속에 갇혀 있을 거야."

그는 말하다 말고 내 안경을 빤히 쳐다보더니 어깨 위로 올라와 갖고 있던 형광펜으로 안경 한쪽에 엷게 색을 칠

했다.

"이걸 통해서 보면 우리의 몸을 자세히 식별할 수 있어. 우리 몸이 노랗게 물들어 보일 거야. 그러니까 어떤 책 사이에서 노란 빛이 새어나오는지를 잘 살펴봐."

안경에 색이 칠해진 쪽으로 이응을 보니 정말 그의 몸이 유난히 노랗게 보였다. 그래서 그가 어디로 움직이든 확실히 눈에 띄었다.

이응은 로프를 이용해 책장을 타고 올라갔다. 그는 나에 비하면 매우 작은 덩치이지만 날렵하고 용감했다.

어느새 내 눈높이까지 올라간 이응은 책들 사이를 뒤져나가기 시작했다. 나도 그를 따라 우측에 있는 책장을 살펴봤다.

아무리 노란 빛이 나온다 해도 이 수많은 책에 쓰인 글자 중에 피읖을 찾는 건 쉬운 일이 아니었다. 대신 나는 한꺼번에 많은 책을 기울여 찾다보니 속도가 빨랐다.

이응은 그런 나를 힐긋 보더니 혀를 내둘렀다. 그가 1권을 채 살펴보기도 전에 나는 거의 50권을 뒤질 정도니까 그의 처지에선 놀랄 만도 했다.

그렇게 시간이 매우 빠르게 흘렀다. 나는 거의 1호실 책장

끝까지 가 있었다.

좌측을 둘러보니 멀리서 책장들 사이로 로프가 움직이는 게 보였다. 그 작은 몸으로 부지런히 책들 사이를 오가는 이응이 기특해 보였다.

"다 했으면 이쪽으로 와."

우리는 거의 30분 만에 1호실에 있는 책 전부를 훑을 수 있었다. 셀 수 없이 많은 책이었다. 하지만 피읖은 찾을 수 없었다.

그곳을 빠져나와 복도를 따라 2호실로 곧장 갔다. 쉴 여유가 없었다. 2호실은 1호실보다 조금 작았다.

"나도 여기에 몇 호실까지 있는지는 알 수 없어. 하는 데까지 해보자고."

"그런데 여기에 피읖이 있다는 건 확실해?"

2호실에 들어가자마자 책들을 뒤지면서 나는 갑자기 그런 의문이 들었다.

"우리 글자 생명체는 책에서 빠져나와서는 오래 살 수가 없어. 인질로 잡혀간 피읖을 죽게 내버려 두지 않았다면 여기 도서관 어딘가에 가뒀을 거라고."

"그 적들이 사는 집에 따로 보관한 책에 있을 지도 모르잖

아. 이런 공개된 곳 말고."

"적들이 사는 곳을 우리가 직접 들어갈 수도 없지만 확실한 정보에 의하면 그들은 집에 책을 두지는 않아. 읽히지 않으면 낭비라고 생각하기 때문이지. 자~ 서둘러, 잡담할 시간이 없다구."

시간이 지나 2호실도 모두 찾아봤지만 역시 피읖은 없었다. 나는 조금씩 지쳐갔다. 하지만 이응은 지체 없이 다시 옆방으로 빠르게 달려갔다.

그곳은 좀 큰 참고용 도서들이 주로 있는 자료실이었다. 크고 무거워 당연히 찾기는 더욱 어려웠다. 그래도 이응은 재빠르게 로프를 던져 위로 올라가서는 부지런히 책들을 뒤졌다.

그때 근처 어딘가에서 노란 빛이 새어나왔다. 나도 모르게 외쳤다.

"앗…… 어디지?"

나는 희미한 불빛을 찾아가 중간에 있는 책장에서 드디어 피읖을 발견했다.

책에 끼여 있던 피읖은 쿨쿨 코를 골며 잠을 자고 있었다. 어느새 내 어깨로 올라와서 피읖을 본 이응이 말했다.

"흐음…… 이 녀석한테 약물을 투입했군."

이응은 곧바로 피읖을 미리 준비해 온 가방에 넣어 등에 메고 나와 같이 자료실 문 쪽으로 갔다.

그 순간 밖에서 웅성거리는 소리가 들려왔다.

"이런…… 놈들이 벌써 들어왔어."

이응과 나는 급히 근처 책상 밑으로 숨었다. 밖에서 에이, 비, 씨, 디, 이 등 몇 명의 알파벳들이 담배를 피우거나 커피를 마시며 천천히 들어오는 게 보였다.

나는 속삭이듯 이응에게 물었다.

"저것들은 뭐야?"

"적들의 명령을 받으며 도서관을 지키는 문자들이야. 우리와는 다르게 아주 포악하지."

포악하다는 말에 나는 화가 났다. 놈들의 크기도 커봐야 10센티 정도였기 때문에 한주먹거리도 안 되는 것들인데 내가 나가서 다 혼내줄까 하는 생각이 들었다.

"내가 처리할까? 나한텐 그냥 우습게 보이거든."

내 표정을 보며 망설이던 이응이 결심한 듯 말했다.

"그럼 시간을 좀 끌어줘. 그동안 난 피읖을 무사히 탈출시킬 장소를 찾아볼 테니까."

그렇게 말하고 막 나가려던 이응은 내가 걱정이 됐는지 뒤돌아보며 작은 목소리로 말했다.

"이봐! 조심하라구."

그의 말이 끝나기도 전에 나는 약간 여유를 부리며 책상 아래에서 나왔다. 옷을 털며 알파벳들이 보이는 곳으로 가서 그들의 행동을 가소로운 눈으로 살폈다. 그들은 갑자기 나타난 나를 일제히 뚫어져라 노려봤다. 정적이 흘렀다. 나는 피식하고 한번 웃어줬다.

그때 알파벳들이 등에서 나온 날개를 이용해 공중을 날며 나를 공격하기 시작했다.

"뭐야 이거."

나는 깜짝 놀라 뒤로 넘어질 뻔했다. 갑자기 주사기에 찔리는 듯한 아픔이 느껴졌다. 앞과 뒤 사방에서 알파벳들이 바늘처럼 날카로운 무기를 들고 공격을 해왔다.

내가 일방적으로 당하는 동안 이응은 피읖을 들쳐 업고 자료실을 빠져 달아났다.

이응이 나가는 것을 본 나는 이대론 안 되겠다 싶어서 얇은 책을 하나 꺼내 들어 마구 휘둘렀다. 그러나 알파벳들은 책에 맞아 바닥에 떨어졌다가도 금세 다시 일어나 날아다녔다. 삐죽삐죽한 바늘을 든 알파벳들이 눈앞을 쉴 새 없이 날아다녀 나는 눈을 제대로 뜰 수도 없었다. 저 바늘에 눈이라도 찔리면 큰일이었다.

그때 비상벨이 울리며 각 호실과 복도의 문이 닫히기 시작했다. 나는 필사적으로 자료실을 나가 복도를 내달렸다. 이응이 저 앞에 달려가고 있었다. 바로 앞에 벽이 생겨나면서 차단되자 이응은 계단으로 올라갔다. 거기서 잠복하던 알파벳 녀석들과 격투를 벌이기도 했다. 순식간에 도서관 내부의 모든 문이 차단되면서 우린 고립될 것만 같았다. 불안해졌다.

나는 눈앞을 휙휙 날아다니는 녀석들을 물리치느라 이응과 피읖을 도와줄 수 없었다. 멀리 이응이 화장실로 들어가는 게 보였다. 나도 재빠르게 뒤따라 화장실로 들어간 뒤 문을 걸어 잠갔다.

"창문을 부숴."

"뭐? 하지만 여긴 4층이야."

"걱정 마, 알파벳 한 녀석을 잡아왔어."

이응은 큰 가방 안에 묶여 있는 에이치를 보여줬다. 에이치는 입에 붙인 테이프 때문에 말을 하지는 못했지만 아주 화가 나 있는 것 같았다.

이웅이 화장실 바닥에 물을 뿌리고 문 옆 벽걸이에 물바가지를 얹어놓는 동안 나는 바로 창문을 깼다. 그리고 아래를 내려 봤다. 아찔했다.

"알파벳들은 절대로 자살을 하지 않아. 그러니 이 녀석을 안고 뛰어내리면 필사적으로 날갯짓을 할 거야. 이 녀석들 날개는 아주 힘이 좋거든. 자, 시도해보자."

밖에서는 쫓아온 알파벳들이 화장실 문을 부수는 소리가 들려왔다.

이웅은 한 손으로 피웊이 들어가 있는 가방을 들고, 등에는 에이치가 잡혀 있는 가방을 메고 있었다. 언뜻 봐도 꽤 힘들 것 같았다. 나는 알파벳들이 화장실 문을 부수고 들어오려는 찰나 이웅과 손을 잡고 창문에서 뛰어내렸다.

화장실로 들어온 알파벳들이 물바가지를 뒤집어쓰면서 미끄러운 바닥에 나뒹구는 등 정신을 못 차리고 있을 때 우린 마치 시간이 느리게 흘러가는 것 같은 느낌을 받으며 공중에 떠 있었다. 에이치 이 녀석이 아주 죽을힘을 다해 날갯짓을 하고 있었기 때문이었다.

그래도 힘에 부치는지 우린 서서히 땅으로 내려갔다. 잭슨 도서관 밖 뜰에 내려앉자 에이치는 숨을 헐떡이며 드러누웠다. 나는 뒤쫓아 올 알파벳들을 피하기 위해 되도록 멀리 달아났다. 그런데 이응은 에이치를 풀어주고 천천히 걸어왔다.

"괜찮아, 녀석들은 도서관 밖으로는 쉽게 나오지 못해."

깨진 화장실 창문을 올려다보니 밖으로 날갯짓하며 나왔다 다시 들어갔다 반복하는 알파벳들을 볼 수 있었다. 나올까말까 망설이는 듯했는데, 표정은 하나같이 분해서 어쩔 줄 몰라 하는 모습이었다.

"왜 밖으로는 못나오지?"

"한번 잘못 나오면 다시 못 들어갈 수도 있거든. 포악한 주인은 저 놈들에게 자비를 베풀지 않아. 그냥 버리지."

"버리면 어떻게 돼?"

"어떻게 되긴 그냥 죽는 거지."

간신히 피읖을 구출해 도서관을 탈출하는 데 성공한 우리는 천천히 온 길을 되돌아갔다. 이번에도 역시 이응이 내 어깨 위로 올라와 앉았다. 어깨에 하나도 아니고 둘이 앉으니 마치 내가 소인국에 온 거인이 된 듯한 기분이 들었다.

얼마쯤 걸었을까. 피읖이 깊은 잠에서 깨어났다. 알고 보니 피읊은 여자였다. 그녀는 눈을 비비며 아직 정신을 못 차린 듯 질질 흐르던 침을 닦고 있었다. 내가 피읊이 여자라는 게 의외라는 표정을 짓자 이응은 그녀가 잡혀 있는 동안 화장을 못해서 남자처럼 보이는 걸 거라고 말해줬다.

잠에서 깬 피읊은 게슴츠레한 눈으로 나를 보고는 처음엔 무척 놀라며 경계했지만 곧 익숙해졌는지 표정을 누그러뜨렸다. 그리곤 아직 약물 탓인지 좀처럼 기운을 차리지 못하고 있다가 다시 잠들어버렸다.

"차라리 자는 게 나아. 깨어 있으면서 체력이 약해졌을 때는 빨리 책 안으로 들어가지 못하면 위험해질 수도 있거든."

나는 도서관의 반대 방향으로 계속 걸었다. 그런데 걷다 보니 돌아오는 길은 갈 때와는 좀 달랐다. 아무리 생각해도 이 길로 온 것 같지는 않았다. 바위산도 안보였고 개천도 없었다.

"이쪽으로 가면 되는 거 맞아?"

"음……. 적들이 길을 바꿨어."

"길을 바꿨다고?"

이응은 침착하게 손목에 찬 장치를 이용해 최대한 안전하고 빠른 길을 찾아나갔다. 그 장치에서 나온 빛을 하늘에 비추면 하늘에서 바로 빛이 반사되어 내려와 우리가 갈 길을 가리키곤 했다.

그때 우르릉 쾅쾅 하는 소리와 함께 먼 하늘 저쪽에서 먹구름이 우리 쪽으로 몰려오고 있었다. 그리고 그 아래로 소나기를 뿌리기 시작했다. 번개와 천둥이 천지를 진동했다. 비바람이 몰아쳐 앞이 전혀 보이질 않았다. 우린 간신히 근처에 있는 큰 동굴을 발견해 들어갈 수 있었다.

"갑자기 웬 비야. 어떻게 하지? 우산 없어? 우산?"

"풋~ 우산 따위론 소용없어. 기다려봐, 좋은 방법이 생길 거야."

하지만 일단 동굴에 들어가 쉬면서 구름이 걷히기를 기다리는 것 외엔 달리 방법이 없었다. 동굴은 내가 들어가면 앉아 있어야 할 정도의 작은 크기였다. 일어서면 천장에 머리가 부딪칠 높이였다. 당연히 쪼그리고 앉아 있기가 아주 불편했다. 그래도 어쩔 수 없었다.

이웅이 나뭇가지를 모아 불을 피우는 동안 다시 잠에서 깬 피윰은 추운 듯 몸을 움츠리며 불이 있는 내 옆쪽으로 가까이 왔다. 이젠 나를 의식하지도 않는 눈치였다. 피윰은 이웅이 덮어준 옷을 움켜잡고 불을 쬐면서 동굴 안쪽 캄캄한 곳을 불안하게 쳐다봤다. 내가 봐도 뭔가가 당장 튀어나올 것 같은 곳이었다.

아니나 다를까, 어두운 곳에서 깜박이는 눈들이 보이기 시작했다. 이웅이 그곳을 향해 불을 비추자 녀석들이 모습을 드러냈다. 날개가 있는 괴상한 문자들이 벽을 타고 슬금슬금 우리 쪽으로 다가오고 있었다.

"뭐야 이것들은 또."

"일정한 거주지가 없이 여기저기서 출몰하는 아주 끈질긴 카나 문자 녀석들이야."

이웅은 재빨리 가방에서 꺼낸 막대기에 불을 붙여 그들을 쫓았다. 그리고는 나한테 흥분된 어조로 말했다.

"이 놈들은 불에 약해. 불에서 멀리 떨어지지 마. 대신 독침을 쏘지. 몸에 닿지 않도록 조심해야 해."

이때 카나 무리 중 한 명이 매우 야비한 목소리로 말을 했다.

"이게 누구야…… 건방진 이웅이 아닌가."

이웅은 그를 무시했다. 대신 밖을 살폈다. 다행히 구름이 걷히고 있었다.

"지웅 선생께서는 안녕하신가?"

"덕분에 건강히 계시지."

"오호 그래…… 한번 봬야 되는데……."

"언제 정식으로 한번 초대를 하지."

"그래야지…… 그땐 우리한테 진 빚도 갚아야겠지."

카나 문자들의 숫자가 늘어났다. 안에서 하나씩 나타나더니 어느새 30명도 더 되는 것 같았다. 그들은 모두 손에 독침을 쏠 수 있는 총을 들고 있었다.

"으흠~ 그런데 말이야. 난 네가 좀 싫어."

그때 동굴 안쪽에서 덩치가 큰 개가 으르렁 거리며 나타났다. 이빨이 다른 개들보다 두 배는 길고 날카로워 보였다.

이웅은 카나들의 접근을 앞에서 막고 있으면서 서서히 다가오는 개도 경계했다. 그리고 슬쩍 뒤를 돌아보며 나에게 눈짓을 보냈다.

"싫으면 다시 안보면 되겠군."

이웅의 말이 끝나자마자 나는 피읖을 안고 동굴 밖으로 뛰어 나갔다.

갑작스런 우리의 행동에 카나 문자들이 동굴 입구까지 나와 다급하게 독침을 쏘아댔다. 나는 맞지 않았지만 이웅이 다리에 한대를 맞고 말았다. 그는 절뚝거리며 나보다 한참 뒤

처졌다. 나는 황급히 되돌아가 그를 어깨에 올려놓고 다시 뛰었다. 뒤에서 개가 쫓아오는 게 보였다. 내 어깨 옷자락을 꽉 쥐고 있던 피읖이 비명을 지르고 난리가 났다. 그러나 사실 무서움 타기로는 내가 더했다. 난 정신이 혼미해질 정도로 아무 생각 없이 그저 있는 힘을 다해 뛰기만 했다.

어느 정도 달리니 개는 더 쫓아오지 못하고 동굴로 되돌아갔다. 쫓아오는 녀석이 없다는 걸 알게 되고 나서야 조금 안심이 되었다. 숨을 진정시키며 주저앉았다.

"저 개도 동굴 밖으로 나왔다가 빨리 돌아가지 못하면 주인한테 버림을 받는 거야?"

"그게 아니고 네가 워낙 빨랐어."

"난 빠르지 않아. 100미터를 겨우 15초에 뛰는데."

"우리한테는 굉장히 빠른 속도야. 놀라울 만큼. 우리 세계에서는 개도 그렇게 빨리 뛰지는 못해."

내가 너무 빨리 뛰었나? 괜히 우쭐해졌다. 도움이 되었다니 좀 힘들었지만 기뻤다.

그렇지만 동굴로부터 피해 다시 황량한 들판에 나왔을 때 나는 슬슬 독침을 맞은 이응이 걱정되었다. 그러나 이응은 벌써 침을 뽑아버리고 그 곳에 붕대를 맨 뒤였다.

"한두 번 맞아본 게 아니니 걱정하지 마. 우린 인간과는 달라."

"그런데 아까 그 문자들은 왜 그런 동굴에 살지?"

"여러 종족들에게 죄를 짓고 여기저기 쫓겨 다니는 신세들 이지. 위협적이고 질기지만 그리 큰 걱정거리는 못돼. 그들에 겐 지혜가 없거든."

한참을 다시 걸었다. 여긴 어디쯤일까. 사방을 둘러봐도 처음 이곳에 왔을 때의 그런 꽃으로 가득한 녹색 들판의 모습은 어디에도 보이질 않았다. 길이 뒤죽박죽된 게 틀림없었다. 그때 내 어깨에 이응과 같이 앉아 있던 피읖이 말했다.

"이제 기운이 좀 나는 것 같애."

이응은 반가운 듯 피읖에게 물과 콩을 열심히 주었다. 피읖은 그걸 다 받아먹었다.

"아까 그렇게 소릴 질렀으니 힘이 다 빠졌을 텐데……."

내가 친해지려고 농담을 했는데 피읖은 못들은 척했다.

"그럼 너의 치마 힘 좀 빌려볼까?"

이응은 피읖이 입고 있는 치마를 가리켰다. 피읖은 입고 있던 치마를 들어 올려 넓게 피며 말했다.

"이게…… 될지 모르겠어."

나는 그게 뭔지 궁금했다. 피읖은 똑바로 서서 *끄응~* 하며 온 몸에 힘을 주었다. 아무 변화도 일어나지 않자 그녀는 심호흡을 하고는 다시 한번 세게 힘을 주었다. 그러자 조금씩 치마가 부풀어 올랐다. 피읖을 땅에 내려줬다. 피읖의 치마는 조금씩 더 커졌다. 그리고는 마침내 공중에 뜨기 시작했다. 치마가 풍선처럼 된 것이다.

"된다!"

피읖은 자기도 신기한 듯 나와 이응을 번갈아 보며 기쁜 표정을 지었다. 그것은 점점 커져서 어느새 나보다도 더 커졌다. 지름이 3미터 또는 4미터는 더 돼 보였다. 나는 이응과 함께 치마에 올라타고 피읖의 손을 잡았다. 치마풍선이 어찌나 튼튼한지 내 무게를 훌륭하게 버텨주었다.

우린 어느덧 하늘 높이 올라가고 있었다. 아래를 내려다보니 멀리 산과 강과 초원이 보였다. 동물들이 뛰노는 모습도 보였다.

"저기다!"

피읖이 소리쳤다. 바로 자신들의 마을을 발견한 것이었다. 나도 아담하고 깨끗한 마을을 보니 반가웠다. 손을 마구 저어서 그 방향으로 움직여 나갔다.

그때 다시 멀리서 먹구름이 다가왔다. 빨리 가지 않으면 마을에 도착하기 전에 먹구름과 먼저 만날 상황이었다. 하지만, 치마풍선은 기본적으로 속도가 날 수 없었다. 나는 조급해져서 팔을 더 세차게 휘저었다.

피읖은 어쩔 줄 몰라 하며 눈을 감아버렸다. 그러나 이응은 그 와중에도 침착하게 손목에 찬 장치로 햇볕을 반사해 마을에 비추고 있었다. 빛은 마치 레이저처럼 곧게 뻗어 마을의 특정 한곳을 계속 비추었다.

이제 먹구름은 천둥소리를 내며 거의 우리 근처까지 다가왔다. 치마 곳곳에 번개가 내리치며 구멍이 나기 시작하자 피읖은 치마풍선의 크기를 줄이며 착륙을 시도했다. 땅에 거의 다다를 무렵 번개가 우리 주변 곳곳에 내리쳤다. 위험했다.

내 발이 땅에 닿자 나는 피읖과 이응을 꼭 잡고 마구 뛰었다. 내가 빠르다하니 자신감이 있었다. 방향을 알았으니 무조건 뛰면 되는 거였다. 이응은 그 순간까지도 손목 장치의 방향을 마을에 맞추어 햇볕을 마을 쪽으로 반사시키고 있었다.

뛰면서 돌아보니 다가오는 구름은 어떤 형상으로 변해가는 것 같았다. 실제로 구름은 인간의 얼굴처럼 바뀌어갔다.

어떻게 보면 인자한 할아버지의 얼굴이었지만 가끔 눈썹이 치켜 올라갈 때면 그곳에서 하늘이 찢어질 듯한 천둥소리를 내며 비가 쏟아져 내렸다.

나는 마을을 향해 있는 힘을 다해 달려갔다. 쿵쿵 소리에 땅이 흔들릴 정도였다. 내 옆으로 마치 폭탄이 터지듯 번개가 땅에 내리꽂혔다. 내 주먹 크기의 우박도 쏟아졌다. 지옥이 따로 없었다. 바닥에서 날카로운 돌이 튀어 올라 손등을 긁었다. 피가 났지만 아프지 않았다. 오로지 내가 할 수 있는 건 마을을 향해 뛰는 것뿐이었다.

내 빠른 다리로도 아직 마을까지는 한참 남았는데 먹구름의 기세는 점점 더 커져 갔다. 이러다 내 뒤통수에 번개라도 한방 맞으면 모든 게 물거품이 되는 것은 물론 이 세계도 내 생명도 모두 사라질 것이라 생각하니 눈물이 마구 쏟아질 것 같았다.

그때 구원의 손길이 다가왔다. 계속 햇볕 신호를 받던 마을 쪽에서 바람이 불어왔다. 그 바람은 내가 앞으로 나가는 걸 방해했지만 그리 큰 영향을 주진 않았다. 그러나 번개를 내리치고 우박을 쏟아내던 먹구름은 꽤 당황한 것 같았다. 우리 쪽으로 조금도 움직일 수 없었기 때문이다. 먹구름의 얼굴이 일그러졌다. 마을 쪽에서 두 손을 하늘을 향해 곧게 뻗고 눈을 감고 있는 지읒이 어렴풋이 보였다. 그 옆에 기역과 니은, 리을이 서 있었다. 바람은 그들을 통해 일어나고 있었다.

비와 우박은 모두 달려오고 있던 우리의 뒤쪽으로 밀려 떨어졌다. 우리 쪽으로 내리치던 번개 역시 땅에 도착하기 전에 사그라졌다. 먹구름은 힘을 잃어가고 있었다.

그 바람의 힘에 의해 우린 무사히 마을에 도착했다. 그곳은 적들에겐 접근이 불가능한 어떤 힘으로 둘러싸인 곳 같았다. 분노를 머금은 채 찡그리는 인간의 얼굴을 하던 먹구름은 점점 마을에서 멀어져 갔고 곧 하늘은 걷혔다. 나는 머리고 옷이고 모두 땀과 비에 젖어 엉망이 됐고 귀는 아직도 윙윙거렸지만 무엇보다 무사히 살아 돌아올 수 있었다는 사실에 가슴이 벅차올랐다.

안심이 된 나는 이응과 피읖을 땅에 내려주고는 바닥에 앉아 한 나무에 기댄 채 숨을 몰아쉬며 주위를 둘러보다 기역과 눈이 마주쳤다. 그는 고개를 끄덕이며 나를 반갑게 맞이했다.

모두가 안전한 것이 확인되자 지읒은 두 손을 내려 바람을 멈추게 하고 천천히 우리에게 걸어왔다.

그의 시선은 특히 나에게 향해 있었다. 나는 무릎을 꿇고 앉아 최대한 그와 눈높이를 맞추려 했다. 왠지 그렇게 해야 될 것 같았다.

"이번엔 운이 좋아 모면했을 뿐이야. 앞으론 자네들이 어떻게 하느냐에 달려 있네."

"네……."

나는 어떻게 대답을 해야 할지 몰라서 그냥 가만히 있었다. 그는 고개를 숙이고 있는 이응과 피읖의 어깨를 툭 쳐주며 격려하고는 역시 느낌표와 물음표의 수행을 받으며 힘없이 저택으로 들어갔다. 힘을 많이 소모해버린 것 같았다.

분위기가 엄숙해 있던 상황에서 기역이 피읖의 초췌한 모습을 보며 빙그레 웃으니 다들 웃음이 터졌다.

이응이 모든 게 잘 해결되어 뿌듯하다는 듯 호탕한 목소리로 말했다.

"그럼 난 집에 가서 좀 씻고 빨리 책으로 들어가야겠수. 너무 오래 나와 있어서……. 다음에 봅시다."

"수고했네. 역시 자네뿐이야."

기역이 대답했다.

장비를 챙기고 터벅터벅 걸어가는 이응을 다들 마중했다. 이응은 정말 영웅 소리를 들을 만했다. 믿음직스러운 친구였다.

리을이 말했다.

"앞으로 더 큰 일이 남아 있어. 적들의 무력행사에 우리도 힘으로 대응했으니 앞으로 그들과의 관계는 더욱 어려워질 거야."

"어떻게든 협상으로 풀어야겠지. 그렇게 되려면 우리 나름의 기준과 의지력을 잃지 않는 게 중요하네."

모두가 기역의 말에 고개를 끄덕였다.

다들 나를 잠시 잊고 있는 것 같아서 나도 한마디 꺼내지 않을 수 없었다.

"그런데 저는 이제 어떻게 하나요?"

기역이 내 옆으로 오며 말했다.

"오, 그래. 원래 있던 곳으로 돌려보내주겠네. 같이 가지."

나는 무표정한 니은, 지적인 리을, 그리고 예쁜척하며 무릎을 굽히는 피읖과 작별의 인사를 했다.

그냥 그렇게 헤어지자니 좀 섭섭했지만 돌아가자고 할 때 얼른 시키는 대로 하는 게 좋을 거라고 생각했다. 시간 끌다

영영 내 원래 세상으로 못 돌아가면 나만 손해였으니까.

"다들 안녕히……."

나는 기억을 따라 어디론가 걸었다. 뒤를 돌아보니 잊히지 않을 것 같은 아름다운 마을의 모습이 점점 멀어지고 있었다. 마치 점점 작아지는 원통을 통해 그곳을 보고 있는 것 같았다. 다시 이곳에 처음 올 때처럼 컴컴한 곳을 지나갔다. 얼마쯤 걸었을까.

갑자기 밝은 곳에 도착하니 눈이 부셔 눈을 뜰 수 없었다. 좀 기다려보니 거긴 엎드려 자려고 했던 도서관의 그 책상 앞이었다. 기억은 아무 말 없이 나에게 손을 흔들더니 책 속으로 들어갔다.

눈을 비비며 찡그리는 얼굴로 주위를 둘러보았다. 시간이 다시 흐르고 있었다. 사람들은 조용히 고개를 숙이고 공부를 하고 있었다.

기억이 들어간 책의 페이지를 열어보았다. 평범한 문장으로 이루어져 있었다. 사실 정확히 어떤 페이지로 들어간 건지 알 수도 없었다. 어차피 그건 전혀 중요하지 않았다.

나는 두 손으로 얼굴을 쓸어내렸다. 어깨도 쑤시고 허리도 아프고 허벅지도 근육이 뭉친 것 같았다. 너무 뛰어서 그런 것 같았다. 매우 피곤했다. 그러나 비에 젖어 엉망이 됐던 옷은 깨끗했고 상처가 났던 손도 멀쩡했다. 혼란스러웠다.

기지개를 켜고 자리에서 일어나 휴게실로 갔다. 커피를 한 잔 뽑은 뒤 복도로 나와 창가 쪽 자리에 앉았다. 그리고 한참 동안 글자나라에서 있었던 일을 생각했다. 그곳에서 있었던 일 하나하나가 좀처럼 머릿속에서 사라지지 않았다.

창밖을 보니 추적추적 비가 내리고 있었다. 빗물이 창문을 톡톡 수줍게 건드리는 소리가 들렸다. 하늘 전체를 덮고 비를 뿌리고 있는 먹구름의 어떤 부분에 인자한 표정을 짓고 있지만 언젠간 나를 향해 번개를 내려칠지 모를 무서운 노인의 얼굴이 나타날 것만 같았다.

윤이

젖혀놓은 커튼 사이로 따사로운 햇살이 6평 남짓한 방 한 쪽 벽을 환하게 비추고 있었다. 약간 열어둔 창문 틈으로 들어오는 바람에 커튼이 흔들릴 때마다 아직 잠에서 덜 깬 흐리멍덩한 눈을 하고 그 벽을 응시하고 있던 내 얼굴에 무늬가 만들어졌다. 양쪽 눈을 번갈아 찡그려가며 조금이라도 햇빛이 더 가려진 쪽으로 몸은 그대로 두고 얼굴만 까닥까닥 움직이고 있으려니 내가 좀 한심하게 느껴졌다. 구름 한 점 없는 맑고 쾌청한 날 오후 나는 친구 하숙집 방구석에 누워 텔레비전에서 흘러나오는 음악을 듣고 있었다.

일광욕이 따로 없는 편한 자세로 이리 뒹굴 저리 뒹굴 하며 얇은 옷으로 방청소를 대신하고 있자니 졸린 음악 탓인지 다시 눈꺼풀이 무거워 졌다. 정신을 차리려 벌떡 일어나 앉았지만 그렇다고 해서 마땅히 할 건 없었다. 하품을 크게 한 뒤 다시 그대로 눕는 게 전부였다.

조금 떨어진 곳에서 벽에 기댄 채 앉아 잡지를 보고 있던 친구 민석이는 내가 뭘 하든 말든 신경 쓰지 않는 녀석이다. 내가 별로 반가운 손님이 아니기 때문에 늘 내가 이곳에 오면 그만 나가주길 기대하는 심드렁한 표정을 지으며 무관심으로 일관하곤 한다.

귀퉁이에 있는 옷걸이 옆에 놓여 있던 기타가방이 보였다. 가져와 열어보니 새것으로 보이는 기타가 들어있었다. 민석이는 기타를 만지는 나를 힐긋 보더니 함부로 다루지 말라는 듯한 표정을 지어 보였다.

난 텔레비전을 끄고 자세를 바르게 한 뒤 대충 기타 줄을 맞추고는 제일 먼저 생각나는 멜로디를 연주했다. 세상에서 제일가는 음치라서 노래는 부르지 않았지만 가사는 알고 있었기에 대충 흥얼거리기는 했다.

제목은 "water is wide"

"바다가 너무 넓어 난 건널 수 없어요.

건너갈 수 있는 날개도 없어요.

두 사람이 탈 수 있는 배를 주세요.

내 사랑과 나, 우리 둘이 저어 건너갈게요.

오, 사랑은 부드럽고 다정하고 처음 탄생할 때는

세상에서 가장 향기로운 꽃이지만,

시간이 지나면 차갑게 식어 아침 이슬처럼

사라져 버리는 것이기도 하죠.

바다로 흘러가는 짐을 가득 실은 배가 하나 있네요.

그렇지만 내 안에 있는 당신에 대한 사랑만큼

가득하진 않네요.

내 사랑이 가라앉을지

헤엄쳐 나갈지는 나도 모르겠어요."

연주가 끝나자 나는 감동을 온전히 유지하기 위해 기타를
가만히 내려놓고 두 손을 조용히 위로 뻗어 올렸다. 그리고
신에게 속삭이듯 말했다.

"하나도 안 틀렸습니다!"

민석이는 그런 나를 보더니 성의 없이 손뼉을 몇 차례 치며 화장실로 들어갔다.

다시 심심해진 나는 드러누워 무슨 재미있는 일이 없을까 생각에 빠졌다. 그러다 문득 떠오른 것 때문에 갑자기 자리에서 일어나 내 카메라 가방과 휴대폰을 챙기고 나가야 했다.

"나 먼저 간다."

"어, 잘 가라."

화장실에서 볼 일을 보던 녀석의 울리는 목소리가 듣기 싫어서 얼른 하숙집 현관문을 닫아버렸다.

꼬불꼬불한 골목길을 지나 경사가 급한 계단을 터벅터벅 내려왔다. 그러는 동안 카메라를 통해 주변 풍경을 들여다봤다. 11월에 있을 학교 축제 전시회에 출품할 사진을 찍어야 했기 때문이다.

최근엔 슬럼프였다. 도무지 좋은 사진을 찍을 수가 없었다. 아무리 둘러봐도 적절한 대상이 안보였다. 평범한 현상은 찍고 싶지 않은 마음이 컸던 탓인 것 같다. 그렇다고 특별난 구상을 한 것은 아니었다. 그저 카메라를 들이대다 보면 뭔가 하나 걸리겠지 하는 막연한 마음뿐이었다.

버스 정류장 근처까지 내려와 주변을 서성거렸다. 바구니를 이고 바삐 걸어가는 할머니, 자전거를 몹시 서툴게 모는 할아버지, 담배를 물고 가며 나를 이상한 눈으로 노려보는 아저씨 등 동네의 평범한 일상만이 눈에 들어왔다.

"전에 어디가 사진 찍기 좋다고 했지?"

근처 공중전화박스에 들어가 동아리 친구에게 전화를 걸어 물어봤다.

"아, 인쇄골목? 충무로?"

곧장 지하철을 타고 충무로로 향했다. 영화를 보러 충무로에 간 적은 있었지만 인쇄골목은 처음 가는 곳이라 좀 긴장이 됐다.

열차 내부엔 평일 오후라 사람이 많지 않았다. 지하철을 타면 항상 다양한 인간군상을 접할 수 있다. 다리를 쩍 벌리고 앉아서 신문 같은 걸 보다가 가끔 헛기침 소리를 크게 내는 아저씨들은 한 칸에 한 명 이상씩은 꼭 존재한다. 팔짱을 끼고 앉아 두리번두리번 사람을 구경하는 아저씨는 아주 흔하다. 다소곳이 앉아 눈을 감고 있는 여자가 있으면 반드시 그 여자를 힐긋 힐긋 쳐다보는 남자가 그 맞은 편 쪽에 한 명 이상 있다. 물건을 파는 상인이 나타나면 무관심한 사람이 있는가 하면 신기한 물건을 처음 본다는 듯 고개를 쭉 내밀며 시종일관 관심을 보이는 사람들도 있다. 이 모두가 좋은 촬영 대상이었지만 그냥 참았다.

충무로역에 도착해 귀금속 상가 길을 따라 인쇄골목으로 들어갔다. 화학 약품 냄새가 코를 자극했다. 인쇄물들을 가득 실은 각종 오토바이와 소형 트럭들이 사람이 다니기도 좁은 골목길을 요리조리 피하며 분주히 오가고 있었다.

그 길은 조금이라도 공간이 생기면 좌판을 깔아놓고 싸구려 물품을 파는 상인들이나 한가로이 장기를 두고 있는 노인들, 머리에 음식을 이고 배달하는 아주머니들, 단가를 계산하며 협상을 하느라 목소리를 높이는 사람들, 잠시 기계가 쉬는 동안 가게 앞에 쪼그리고 앉아 담배를 피우는 노동자들, 각종 못 쓰는 박스와 버려진 종이 등을 주워 모으는 청소부들까지 이들 모두의 삶의 터전이었다.

좀 거칠지만 꾸밈없는 사람의 냄새가 생생하게 느껴지는 이곳의 분위기를 한장 한장 흑백필름에 담았다. 잘 찍고 못 찍고는 일단 중요하지 않았다. 있는 그대로의 모습을 얼마나 사실적으로 기록하느냐가 문제였다.

한참을 걷다보니 발이 좀 뻐근해진 게 느껴졌다. 목적지 없이 돌아다니면 하루 걸을 수 있는 거리를 초과하기 마련이다. 필름 2통을 썼고 지금 들어 있는 것으로는 한 10장쯤 더 찍을 수 있었지만 일단 철수하기로 하고 오래된 식당에서 국수를 먹은 뒤 곧바로 집으로 가는 지하철을 탔다.

직장인들 퇴근 시간이라 이리저리 많은 사람에 치이고 한여름 못지않은 불쾌감을 느껴가며 간신히 학교 근처에서 내렸다. 그리고는 평소처럼 버스로 2정거장 정도밖에 안 되는 집까지 걸어갔다. 혹시 몰라 카메라를 꺼내 목에 걸어두는 것도 잊지 않았다.

그런데 바로 그 시점에 뜻하지 않던 운명이 찾아왔다. 별 생각 없이 걷고 있던 중에 길거리에서 친구와 함께 입 주변에 초코 아이스크림을 잔뜩 묻혀가며 먹는 여학생들을 보게 됐다. 가게 앞에 있는 거리에 조성된 화단 난간에 앉아 있는 학생들에게 자연스럽게 눈길이 간 것이다.

뭐 대단한 장면은 아니었지만 대상이 여학생들이라 그런지 저절로 카메라에 손이 갔다. 그리고 멀찌감치 떨어져서 들키지 않도록 조심스럽게 촬영했다. 각도와 구도를 달리해가며 몇 컷을 찍는 동안 카메라 파인더에 잡힌 학생들 중에 유난히 눈에 띄는 한 여학생이 있었다. 내 시선은 곧 그녀에게 고

정되었다.

그 소녀는 교복은 입고 있지 않았지만 고2 혹은 고3 정도
되어보였다. 긴 생머리에 큰 눈, 매우 귀엽고 서구적인 외모를
하고 있었다. 이야기를 나누는 학생들 중에 단연 돋보였다.

약간 방심한 탓에 그녀들이 내가 사진을 찍고 있다는 낌새
를 알아차리는 것 같은 느낌이 들자 얼른 카메라를 다른 방
향으로 돌리고는 나뭇잎을 찍는 시늉을 했다. 그러면서 슬쩍
곁눈질로 보니 아이스크림을 다 먹고 자리를 옮기고 있었다.

나는 그녀들의 뒤를 밟았다. 마침 사진 찍는 일 외엔 마땅
히 할 일도 없었다. 시험기간도 아니었다.

카페가 모여 있는 거리를 쭉 걸어가던 그녀들은 사거리가
나오자 뿔뿔이 흩어졌다. 각자 집으로 가는 모양이었다. 나
는 당연히 긴 머리 여학생이 가려는 쪽을 주목했다. 그녀는
다행히 혼자 언덕 쪽으로 걸어 올라갔다.

계속 뒤를 쫓다보니 곧 인적이 드문 곳까지 가게 되면서 이
제부턴 들키지 않고 뒤를 따라가기가 좀 어려워질 정도가 됐
다. 잘못하다간 치한으로 몰릴 수도 있었다. 날도 좀 어둑어
둑해졌기 때문이다.

용기가 없어 말을 붙이지는 못하겠고 가까이 접근하기도

어려워 마음이 심란해졌다. 고딩에게 내가 지금 뭐하는 짓인가 싶기도 했다.

그런데 멀리 앞서가던 그녀는 그냥 앞으로만 갈 것 같더니 갑자기 코너를 돌아 사라졌다. 황급히 달려가 그곳으로 갔을 때는 이미 그녀는 어디로 갔는지 알 수 없게 됐다. 처음 와본 동네라 어디가 어딘지 몰랐고 집들도 다 비슷비슷해서 원래 처음 코너를 돌았던 지점이 어디였는지 조차 찾는데 시간이 걸렸다.

한참동안 주변을 서성거려봤지만 다시 그녀를 볼 수는 없었다. 안타깝지만 어쩔 수 없었다. 집이 이 근처인 것만은 확실하니까 언젠가는 다시 만날 수 있을 거라는 생각으로 위안을 삼았다.

"디스 하나주세요."

동네 슈퍼에서 담배를 산 뒤 깊게 한 모금씩 피워댔다. 가만히 생각해보니 최근에 오늘만큼 짜릿하고 흥분된 일은 없었다. 지난 몇 달 간 삶이 밋밋하고 지루했었는데, 마치 탐정이 된 듯한 기분이랄까. 어떻게 해서든 그 긴 머리 소녀의 정체를 알아내고 싶었다.

그날 밤 집에서도 계속 그 소녀 생각만 났다. 그래서 일기장에 적었다.

"앞으로 최소 5년간 다시 발견될 수 없을 것 같은 여인 등장."

다음날 학교 휴게실에서 민석이와 커피를 마시면서도 나는 계속 그 여자 이야기를 했다. 여전히 내 얘기에 심드렁한 민석이는 듣는 둥 마는 둥이었다. 신문만 펼치고 있었다. 스포츠 신문이었다.

"키가…… 한 170은 되는 것 같고…… 피부는 서양인들처럼 백옥 같았고……."

"응……."

"꿈에서 한번 본 얼굴 같기도 하고…… 그런데 꿈에는 하도 많은 여자들이 나와서 아닌 것 같지도 하고……."

"응……."

"사진 나오면 보여줄게 너도 한번 봐라. 지금처럼 그렇게 응응 거리고만 있지는 않을 거다."

"응……."

그날 이후 나는 학교 수업이 끝나면 거의 날마다 긴 머리 소녀가 사는 동네로 향했다. 그리고 마지막으로 그녀가 사라졌던 골목 주변을 서성거렸다. 물론 쉽게 만날 수는 없었고 며칠 동안 허탕이었다. 아침 일찍 학생들이 등교하는 시간에 가도 그녀는 나타나지 않았다.

그러던 어느 날 수업이 없어 늦잠을 자다 12시나 돼서야 학교 동아리방에 가기 위해 집을 나섰다. 길에서 만난 친구들과 근처 당구장에서 한 게임하고 점심을 대충 때운 뒤 동아리방에 가기 전에 먼저 긴 머리 소녀의 동네 쪽으로 갔다.

그런데 뜻밖에도 전혀 기대도 안한 장소에서 마침 편의점에서 나오고 있는 소녀를 발견했다. 좀 멀었지만 나는 한 눈에 그녀를 알아봤다. 아무 생각 없이 담배를 피우다가 화들짝 놀란 나는 담배를 서둘러 끄고 카메라를 꺼냈다. 그리고 뒤를 다시 밟았다.

혼자 걷던 소녀는 큰 길로 나와 도로를 따라 걸었다. 가진 돈이 별로 없었기 때문에 소녀가 만약 택시를 타거나 버스를 타면 어떻게 해야 할지 걱정하고 있었는데 다행히 어디론가 계속 걷기만 했다.

걷는 모습도 그렇게 매력적일 수가 없었다. 나만 그녀를 보고 있는 게 아니었다. 스쳐지나가는 남자들마다 힐끔힐끔 쳐다보는 게 느껴졌다.

한참 걷다보니 우리 학교 근처까지 왔다. 놀랍게도 그녀는 학교로 들어가고 있었다.

"어? 우리 학교 학생이었나?"

옆 사람도 들릴 정도로 저절로 이 말이 튀어나왔다. 가만히 보니 역시 옷차림이나 메고 있는 가방을 봐도 고등학생이라 볼만한 점은 없었다. 다만, 얼굴이 어려 보였을 뿐이다. 아무튼 상관은 없었다.

그녀가 들어간 곳은 공과대학 건물이었다. 4층으로 올라갔다. 나는 그녀가 몇 호실로 들어가는지만 확인하고 건물 밖으로 나왔다. 그 층은 화공과 사무실과 전공 수업을 하는 강의실들이 있는 곳이다. 공대에도 종종 예쁜 여학생이 들어온다는 건 알고 있었지만, 남학생들 몇 명 거품 물게 하고 쓰러뜨리기에 충분한 외모의 여인이 있다는 건 내게 좀 큰 사건이었다. 일단 인맥을 동원해서 이름부터 알아야겠다고 생각했다.

고등학교 동문 중에 화공과 다니는 녀석이 한명 있었다. 어렵사리 교양과목 수업을 듣고 있던 녀석을 찾아내 전에 찍었던 그녀 사진을 건네주면서 알아봐달라고 부탁했다. 다음날 학생회관에서 다시 녀석을 만났다.

"김서윤."

"서윤이라…… 이름도 예쁘네."

속으로 생각했다.

"공부도 잘하고 애들 사이에서 인기 있어."

"남자친구는?"

"글쎄, 만나는 사람은 없는 것 같더라고. 아무튼 잘해봐. 근데 쉽진 않을 거야."

"왜?"

"생각해봐, 퀸카 공순이가 흔하냐?"

화공과 사무실에는 내가 김서윤이라는 여학생을 찾아다닌다는 소문이 금방 퍼질 것 같았다. 개의치 않았다. 누가 자기에 대해서 알아보고 다닌다는 사실을 한번 흘려주는 것도 좋을 것 같다는 생각이 들었기 때문에 굳이 비밀스러울 건 없었다.

며칠 후에 그 동문 녀석한테 좀 더 구체적인 정보를 듣게 되었다. 서윤이는 야구를 좋아해서 주말마다 야구장에 간다고 했다. 거참 의외였다. 아저씨들이나 좋아하는 야구라니……

나중에 안 사실이지만 아버지가 야구선수 출신이었다고 한다. 부상으로 일찍 은퇴를 한 뒤 지금은 다른 사업에 전념하면서 야구를 잊고 살아가지만 야구에 대한 애정만큼은 그의 딸에게 전해진 것 같았다.

화공과 근처에 가면 항상 그녀를 볼 수 있었다. 역시 인기가 많아서 늘 여러 명의 남학생, 여학생들이 그녀 주위를 에워싸고 있었다.

나는 그때부터 계속 그녀를 몰래 따라다니면서 그녀의 하루 일과를 거의 외우다시피 하게 됐다. 학교에 가는 날이면 과목에 맞춰 언제나 복도 끝에 서서 그녀가 강의실로 들어가는 것을 지켜봤다. 점심을 먹는 식당 앞에서도, 버스정류장 앞에서도, 도서관에서도, 자주 가는 옷가게에서도 언제나 그녀가 가는 곳엔 내가 한발 앞서 가 있었다. 그녀의 눈에 띄고 싶어서 그랬던 것은 아니었다. 그냥 그렇게 하고 싶었다.

체육대회가 있던 날엔 배구선수로 출전한 그녀를 응원하다가 같은 과 애들의 눈총을 받기도 했다. 우리 사학과엔 운동 잘하는 여학생이 없어서 어차피 화공과가 이기는 건 당연했다.

패션에 관심이 많았던 그녀는 종종 내가 볼 때 완전히 낭비라고 생각될 정도로 별로 좋아 보이지 않는 각종 패션 소품을 사러 옷가게에 자주 들렀는데, 평범한 여자들이 갖지 못한 특별한 패션 감각이 있는 것 같았다. 아무튼 이런 데에 돈을 잘 쓰는 습관은 나완 맞지 않았다. 그거 하난 안 좋았다.

민석이는 내가 그녀의 일거수일투족을 다 세세하게 관찰하고 다니는 걸 보고 병적이라고 말했다. 그래봐야 다 먹고 싸고 울고 웃는 보통의 인간일 뿐인데 얼굴 좀 예쁘다고 그렇게 환상을 품어서야 어떻게 여자를 사귈 수 있겠냐는 것이다. 맞는 말이긴 했다.

하지만 그렇다고 완전히 스토커 같은 짓을 한 것은 아니었다. 최소한 나는 그녀가 학교에 나와 집에 갈 때까지 공개된 장소에서의 그녀의 행동만을 지켜봤을 뿐이다. 집까지 찾아가 몰래 담장 위에 올라가 방 안을 훔쳐본다거나 그런 건 천성적으로도 못한다.

그런데 어느 날 학교 근처 호프집에서 그녀가 몇 명의 학생들과 술을 마시시는 자리를 목격한 이후부터는 조금 생각이 달라졌다. 그날 사실은 우연한 기회에 그녀의 망가진 모습이나 주사를 보게 될 지도 모른다는 좀 떨리는 마음뿐이었다. 다른 건 없었다.

사실 그녀와 직접 대화를 나눠본 것도 아니고 소문으로만 들었지 어떤 여인네인지 자세한 건 모르기 때문에, 어쩌면 내가 그녀에 대해 가지고 있는 지금의 감정은 순전히 외모로 보이는 매력 그 이상도 그 이하도 아닌 것일 수 있었다.

나는 반원으로 되어 있는 홀의 맨 끝 가장자리에 앉아 민석이와 함께 술을 마시며 계속 그녀를 주시했다. 녀석도 흥미가 있는지 다른 주제의 얘기는 꺼내지도 않았다.

"주변에 여자보다는 남자가 더 많은 여자라……."

술을 한참 마신 그녀와 학생들은 호프집이 떠나갈 정도로 가끔 큰 소리로 웃곤 했다. 남학생이 절반 정도였는데 저 중엔 그녀를 꼬시려고 안달 난 녀석도 있을 것 같았다. 아니, 거의 대부분의 녀석들이 그럴 의도로 만났을 것이다.

아니나 다를까, 2시간쯤 흘러 한두 명씩 술에 취해 나가떨어지자 그녀가 집에 가려는 듯 가방을 메고 자리에서 일어서는데 기다렸다는 듯이 몇 명의 남학생이 같이 벌떡 일어났다. 그리곤 같이 계단을 내려갔다.

술을 별로 마시지 않은 나는 민석이에게 술값을 떠넘긴 뒤 그녀의 뒤를 따라 나왔다. 호프집 입구에서 지켜보니 옥신각신 끝에 다른 경쟁상대를 물리치고 한 남학생이 자기 차로 그녀를 안내하고 있는 게 보였다. 얼굴도 벌겋지 않고 멀쩡한 녀석이었다. 계획적이었다. 그대로 보낼 수는 없었지만 마땅한 방법도 없었다. 그녀의 비틀거리는 걸음걸이를 보니 불안해서 견딜 수가 없었다.

다른 생각을 할 겨를이 없었다. 나는 가방에 있던 모자를 꺼내 눌러쓰고 무작정 그들에게 다가가 그 남학생이 들고 있던 차 키와 가방을 빼앗아 달아났다. 그는 황당했는지 막 욕을 하면서 뒤쫓아 왔다. 뒤를 돌아보니 이런 상황 자체에 무관심했던 모양인지 그녀가 혼자 반대방향으로 걸어가는 게 보였다. 일단 안심이 되었다.

그 남학생은 나보다 빠르지 않았다. 난 이런 길을 도망가는 거라면 자신이 있었다. 좁은 골목을 마구 내달렸더니 그와의 간격은 더 벌어졌다. 이정도면 됐다는 생각이 들어 차 키를 가방에 집어넣고 일부러 그 녀석이 볼 수 있는 곳에다 실수로 떨어뜨린 것처럼 하고 도망갔다.

그렇게 몇 분쯤 지나 숨을 고른 뒤 다시 호프집 근처로 천천히 내려가 숨어서 몰래 살펴보니 그 남학생은 자기 차 앞에서 짜증난다는 표정으로 옆에 가방을 멘 채 담배를 피우고 있었다.

나는 서둘러 그녀가 사는 집 근처로 갔다. 혹시 또 다른 남학생과 같이 다른 곳에 가지는 않았는지 불안한 마음이 들었기 때문에 확인해보고 싶었다. 버스 정류장에서 그녀의 집으로 올라가는 길목에 있는 자판기에서 커피를 꺼내 마시고 기다렸다. 이 길로 지나가는 것만 내 눈으로 볼 수 있으면 되는 거였다.

혹시 몰라서 공중전화로 호프집에 전화를 걸어봤는데, 직원은 서윤이라는 이름의 여학생은 물론 다른 학생들도 모두 집으로 돌아가서 아무도 없다고 말해줬다.

'그럼 됐어.'

더 늦기 전에 빨리 집에 들어가라고 속으로 계속 외치면서 쭈그리고 앉아 담배를 피우고 있는데 마침 큰 길에서 서윤이가 여자 친구와 함께 걸어 올라오는 게 보였다. 나는 담배를 끄고 다시 공중전화 박스로 들어가 수화기를 들고 어디론가 전화하는 척을 했다.

터벅터벅 그녀들이 술 냄새를 풍기면서 내 옆을 지나갔다.

왼쪽으로 코너를 돌아 사라진 뒤 곧 그녀들 사이에 잘 들어가라는 인사를 나누는 소리가 들려왔다. 옆에 있던 친구도 집이 이 근처인 모양이었다. 그녀들이 모두 자기 집으로 들어가 골목이 조용해질 때까지 기다렸다.

그렇게 한 10여분이 지났다. 이젠 골목에 지나다니는 사람도 없고 가게 불도 다 꺼져가는 시간이 되었다. 공사장 앞 벽돌에 앉아 있던 나는 그제야 저린 다리를 주무르며 일어났다. 내가 앉았던 벽돌 위의 먼지가 모두 내 바지로 옮겨 붙어 있었다. 엉덩이와 무릎의 먼지를 툭툭 털고 있자니 왠지 기분이 좋아졌다. 뭔가 장한 일을 한 것 같은 느낌이었다.

그래서 그날 이후는 밤에도 그 골목길 근처에서 그녀가 집에 들어가는 것까지 지켜보게 됐다. 시험이 있거나 아주 급한 일이 있는 날이 아니면 나는 언제나 그 동네 어딘가에 있었다. 술을 마셔도 학교 근처가 아닌 그 동네에서 마셨다. 청승이 따로 없었다.

아무래도 나와 그녀 사이에는 대화를 나누지 않아도 통하는 뭔가 대단한 인연이 있는 것 같았다. 그렇지 않다면 내가 말 한번 나눈 적이 없는 여인에게 이런 관심을 보일 리가 없었다. 민석이는 내가 병에 단단히 걸렸다며 포기를 선언했다.

직접 서윤이와 만남을 주선해주겠다는 화공과 동문 녀석의 제안도 거절하고 먼발치에서 그녀를 쳐다만 보는 나를 민석이가 그렇게 대하는 걸 나는 충분히 이해한다.

시간이 흘러 중간고사도 끝나면서 학교에선 서서히 축제 분위기가 무르익어 갔다. 각 동아리마다 1학년생들 중심으로 홍보활동이 치열하게 벌어졌다. 그들을 보고 있으면 작년 이맘 때 생각이 나 오래 눈길을 머물게 되다가도 아직 전시회에 출품할 맘에 쏙 드는 사진을 준비하지 못했다는 생각에 곧 초조해지곤 했다.

여전히 이렇다 할 소재가 눈에 띄지 않아도 시간이 날 때마다 카메라를 메고 마른 잎사귀들로 버석거리는 교내 곳곳을 돌아다니는 수밖에 없었다.

그때마다 서윤이 생각이 났다. 아직 그녀를 향한 마음에는 아무런 변화가 없었다. 운동을 하거나 공부를 하다보면 금방

잊힌 것 같으면서도 어느 순간 느닷없이 그녀의 얼굴이 떠오르곤 했는데, 그렇게 되면 곧 어떤 일도 손에 잡히지 않게 된다. 언제까지나 이럴 수는 없었다. 어떻게 해서라도 이 갑갑한 상황을 벗어나고 싶었다.

그러던 어느 주말에 나는 처음으로 민석이와 잠실야구장에 갔다. 물론 무작정 간 것은 아니었고 미리 치밀하게 세운 계획에 의한 것이었다. 여기에서 뭔가 결론을 내리려고 작심했다. 민석이도 역시 내가 야구장의 응원 열기에 힘입어 그녀에게 먼저 말을 걸면서 관계가 발전하기를 기대했던 모양이다. 생기나는 얼굴로 순순히 같이 가주었다.

그날 그녀는 여자 친구 두 명과 같이 예정대로 우리가 앉은 내야 한 쪽의 응원석과 멀지 않은 곳에 자리를 잡고 앉았다. 계단을 20발짝만 내려가면 닿는 거리였다. 옅은 갈색의 곧고 윤기 나는 그녀의 머리칼은 내가 아니더라도 뒷자리에 앉은 많은 남성들의 시선을 끌어 모으고 있었다.

인기 있는 두 팀 사이의 대결치고는 야구장에 관중은 많지 않았지만 확실히 스포츠의 다이내믹한 열기가 느껴지기엔 충분한 곳이었다. 내 눈에 광적으로 보이는 온갖 복장의 관중들이 사방에서 나타났다. 야구 마니아들이 1년 내내 기다린다는 한국시리즈의 진출권을 놓고 벌이는 중요한 경기의 현장에 처음으로 직접 동참하게 된 기분은 한마디로 묘했다.

경기가 시작되자 응원단장과 치어리더에 의한 단체응원이 열기를 뿜었다. 굳이 그것이 아니더라도 자기가 좋아하는 선수가 나올 때마다 곳곳에서 터지는 환호성과 박수 소리에 내 귀는 먹먹해질 지경이었다. 경기에 빠진 채 응원가를 부르며 열심히 응원을 하는 서윤이의 모습을 보니 확실히 그녀가 야구를 아주 좋아한다는 걸 느끼게 됐다.

1회, 2회 난타전을 벌이며 관중을 흥분시킨 경기는 5회를 지나면서 곧 소강상태에 접어들었다. 민석이는 지루하다는 듯 화장실을 들락거렸고 일부 관중들도 웅성거리며 돌아다니는 바람에 어수선해졌다.

사람들의 이동이 잦아지자 때가 왔다는 생각이 들었다. 그때 마침 친구들이 자리를 비워 혼자 음료를 마시며 그라운드를 응시하고 있는 서윤이의 뒷모습이 또렷하게 내 눈에 들어왔다. 나는 벌떡 일어나 과감하게 그녀가 있는 곳으로 계단을 따라 내려갔다. 내 다리를 가로막는 걸림돌은 없었다. 발걸음은 경쾌했지만 가슴은 마구 뛰었다. 민석이의 바람대로 관중의 환호와 열기에 푹 빠져 있다 보니 나도 모르게 그런 용기가 생겼던 것이다. 드디어 바로 옆 통로에 도착한 나는 다소 어색하게 그녀를 향해 고개를 돌렸다.

그때 서윤이가 먼저 나를 쳐다봤다. 서윤이의 크고 찬란한 눈동자가 이미 내 눈을 똑바로 보고 있었던 것이다. 눈이 마주쳤는데 먼저 피할 수가 없었다. 내가 할 수 있는 건 서윤이의 눈을 뚫어져라 쳐다보는 것뿐이었다. 매우 가까운 거리에서 눈빛을 교환하는 동안 시간은 효과적으로 정지되는 듯했다. 이대로 멈춰버렸으면 하는 마음도 있었다. 서윤이도 약간의 미소를 머금은 채 긍정적인 눈빛으로 나를 바라보고 있었다. 무언가 내가 말을 꺼내길 기다리는 눈치였다. 하지만 아무 말도 할 수 없었다. 나는 그대로 얼어버렸다. 그저 싫지 않은 기분, 이것만으로도 충분히 만족할 수 있다는 느낌. 내 머릿속엔 그것들로 가득했다. 그 와중에도 심장이 뛰는 게 느껴졌다. 그것은 어느 때보다도 아주 힘차게 쿵쿵거렸다. 그렇게 서로 눈을 마주치고 바라만 보고 있었던 시간이 1분 정도는 족히 되었던 것 같았다. 적어도 나에게는 시간이 그렇게 흘렀다.

이 긴 침묵을 깬 건 서윤이의 친구들이었다. 그녀의 친구들이 한 남자를 데리고 나타난 것이다. 훤칠하고 잘생긴 그 남자는 특히 서윤이와 반갑게 인사했다. 나는 통로를 지나가는 사람들과 마침 나타난 그녀의 친구들에 밀려 서 있던 자리를 비켜줄 수밖에 없었다. 경기는 진행 중이었고 여기저기서 응원하는 소리가 작아져 있던 볼륨을 올리는 것처럼 점점 크게 들려왔다. 내가 가만히 서 있던 주위에 사람들이 이렇게 많이 있었다는 걸 그제야 알게 됐다. 서윤이도 언제 나와 눈을 마주치며 심각한 표정을 지었냐는 듯 밝은 모습으로 친구들과 얘기를 나누고 있었다. 바로 옆자리에 앉은 남자는 그녀의 손을 잡기도 하고 팝콘을 같이 나눠먹으며 팔과 어깨를 주물럭거리고 있었다. 스킨십이 자연스러운 걸 보니 남자친구가 분명했다. 절망이었다.

뜨거운 태양빛, 메아리치는 함성, 시원한 녹색 그라운드가 한 몸이 되어 파노라마처럼 내 눈앞에 펼쳐졌다. 하늘을 올려다봤다. 구름 한 점 없는 파란 빛깔의 날이다. 이렇게 맑고 아름다운 하늘이 또 있을까? 그곳은 어느 때보다도 푸르고 생기 넘치는 기운을 온 세상에 널리 퍼지게 하고 있었다.

나는 계단을 도로 올라가며 그녀의 시야로부터 점점 벗어났다. 그 와중에 마치 누구의 명령에 의한 것처럼 나도 모르게 어깨에 메고 있던 카메라를 손에 잡았다. 그리고 신들린 듯 그녀를 향해 셔터를 눌러댔다. 다른 말로 하면 미친 척 그냥 마구 찍은 것이다. 뒷걸음질 치며 연속사진을 찍었으니 제대로 된 작품이 나올 리 없었다. 기대도 하지 않았다. 조용히 내 자리로 돌아왔다. 그 후부터는 아무 생각이 나지 않았다. 의식은 가물가물해졌다. 어떻게 됐냐는 민석이의 음성은 한쪽 귀로 흘러버렸다. 그날 집에 어떻게 돌아왔는지도 기억이 나지 않는다.

그날 계단을 오르며 마구 촬영한 것 중에 서윤이가 고개를 돌렸을 때의 옆모습이 클로즈업되어 또렷하게 나온 기적적인 사진 한 장이 며칠 후 전시회에 걸린 내 작품들 중 한 자리를 차지했다.

사진전시회는 매년 우리 동아리가 최선을 다해 준비하는 대규모 행사다. 주로 저학년 생들이 찍어오면 그중에서 선배들이 전시회에 걸릴 사진을 선택하게 되는데 작년에 이어 나는 거의 절대적 신뢰를 받는 처지였다. 내가 찍어온 사진은 거의 채택되었다.

제목을 윤이라고 붙인 그 사진 앞에서 나는 그녀를 처음 본 몇 달 전 그 시간을 떠올렸다. 일기장에 적었던 그 낯간지러운 표현도 생각났다. 씁쓸한 마음에 저절로 한쪽 입 꼬리가 올라갔다.

마침 화공과 동문한테 사무실 앞으로 전화가 왔다. 나는 양해를 구하고 전화를 받았다. 서윤이의 남자친구에 대한 정보를 부탁했던 참이었다.

"미국에서 건축학을 공부하는 유학생이라네. 나이는 한살 차이고……, 둘이 사귄지는 3년 정도. 고등학교 다닐 때부터 선후배 사이로 자주 만나면서 친해지게 됐다는군. 집안끼리도 서로 잘 알고 지내고……."

그럴 줄 알았다. 세상은 항상 이 모양이지.

"그래, 고맙다. 한번 쏠게."

나는 힘이 쭉 빠졌다. 멍하니 그녀 사진만 바라보았다.

옆에서 그런 나를 지켜보던 여자선배가 다가와 나와 같은 표정으로 사진을 물끄러미 감상했다. 뭔가 평가를 해주려는 것 같았다.

"6시까지 수고 좀 해줘."

"네……."

그리곤 가버렸다. 얼토당토않은 평가를 받느니 그냥 저렇게 가주는 게 더 좋긴 했다.

나는 몇 명의 동아리 친구들과 같이 손님들이 올 때마다 안내를 하고 사진을 설명하는 일을 했다. 무료했던 시간은 아주 잘 갔다.

6시가 됐다. 나는 가방을 메고 먼저 그곳을 나왔다. 마땅히 갈 데는 없었지만 울적한 기분을 없애줄 어떤 사소한 일이라도 생기길 바라며 여기저기 돌아다녔다. 그러다 문득 학생회관 앞 시계탑을 보게 됐다. 토요일 오후, 한국시리즈 경기가 열릴 시간이었다. 갖고 다니던 휴대용 라디오를 틀었더니 마침 잠실에서 열리는 그 경기가 중계되고 있었다.

다시 서윤이의 얼굴이 눈앞에서 아른거렸다. 고개를 흔들어 봤지만 사라지지 않았다. 다른 생각 할 것 없이 난 야구장으로 가야했다. 갑자기 하루 종일 아껴뒀던 에너지가 분출되는 것 같았다.

'가야 한다. 가야 한다. 그런데 왜 가야하지? 누굴 보겠다고. 아니야, 가도 돼. 아무럼.'

나는 마음의 명령을 따라 급히 학교를 빠져나와 버스를 탔다. 버스 안은 히터를 틀어 따뜻했지만 밖은 추운 날씨였다. 각 유리창에 김이 서려 있었다.

달리던 버스가 강남 한복판에 들어서니 주차장처럼 변해 있는 도로 때문에 막히기 시작했다. 어쩔 수 없이 중간에 내려 빠른 걸음으로 걷는 듯 뛰는 듯 야구장을 향해 갔다. 도중에 자꾸만 그녀 생각이 났다. 그래서 야구장이 가까워질수록 가슴이 벌렁벌렁해지고 조급해졌다. 그럴수록 더욱 걸음이 빨라졌다.

멀리 잠실야구장의 조명탑이 보였다. 손을 뻗으면 금방 닿을 것만 같은 거리까지 왔다. 관중의 함성도 들렸다. 이젠 뛰었다. 숨이 가빴지만 어떻게든 마지막 오늘 써야할 에너지를 여기서 다 소모하고 싶었다. 타인의 시선을 의식할 여유도 없었다.

'야구 경기는 매년 열린다. 마음만 먹으면 그녀도 언제든 볼 수 있다. 하지만…… 나는 지금이 아니면 안 돼.'

온 생각을 그녀에게 집중하고 있을 때 나는 어느새 공중을 날고 있음을 알게 됐다. 빠르게 걷다가 빠르게 뛰다가 결국은 날게 된 것이다.

시간이 지나자 이젠 발을 움직이지 않아도 몸은 저절로 앞으로 나아갔다. 조금이라도 빨리 가기 위해 양 손을 좌우로 쪽 뻗어 마치 새가 된 것처럼 비행했다. 속도가 붙어 자연스럽게 실눈을 뜰 수밖에 없었지만 우울했던 기분이 한 번에 씻겨 내려가는 듯한 황홀감이 느껴졌다. 강한 바람에 옷 펄럭이는 소리가 어느 때보다 크게 들려왔다. 깃을 잔뜩 올리고 바람에 몸을 맡긴 채 날다보니 머지않아 야구장 상공에 도착할 수 있었다. 하늘에서 본 야구장은 더욱 멋져보였다.

나는 당장 관중석을 내려다보며 서윤이를 찾았다. 야구장 어딘가에 분명히 그녀가 있을 거라는 확신이 들었다. 전에 마지막으로 봤던 내야의 어느 쪽에 있을 것 같았다.

그녀를 찾기까지 얼마 시간이 걸리지 않았다. 내야석 중간쯤에 역시 남자친구와 같이 와 있는 그녀를 찾을 수 있었다. 즐거워하는 모습이었다. 그런데 그녀를 찾긴 했지만 내가 할 수 있는 건 잔뜩 부러운 눈초리로 그녀를 응시하는 일 뿐이었다.

바람에 머리가 마구 헝클어졌다. 땀에 적신 옷을 뚫고 지나가는 바람결이 매섭게 느껴졌다. 벌써 겨울이 다가오고 있는 것이다.

곧 날이 어두워졌다. 하늘에서 본 조명이 밝게 켜진 야구장의 모습은 환상적이었다. 신바람 응원에 시간 가는 줄 모르고 야구를 즐기는 사람들의 표정 하나하나가 생생하게 눈에 들어왔다.

어느 샌가 파울볼을 잡은 그 남자가 공을 서윤이에게 건네주는 게 보였다. 투수의 침이 묻은 그 공을 주운 게 뭐가 그리 좋은지 두 사람은 입이 찢어져라 환하게 웃고 있었다. 그런데 그 모습이 전혀 싫지 않았다. 서윤이가 밝게 웃고 있으니……

'그래, 보기 좋구나.'

나는 내가 갑자기 천사가 되어버린 건 아닐까 하는 생각이 들었다. 어느덧 그들의 행복한 시간이 오래 유지될 수 있도록 하늘에서부터 지켜주고 싶다는 생각이 들기 시작하는 것이었다.

"그게 아니라……"

"아니긴…… 됐어. 이제 그만! 끝! 서윤이의 마음을 돌려놓을 기회는 얼마든지 있었어. 사람이라는 동물은 말이야 그렇게 대단하지 않아. 사랑이란 언제든 변할 수 있는 거라구. 유학생이든 알고 지낸지 오래 된 사람이든 집안끼리 잘 아는 사이든 그 어떤 사람이었든지 말이야."

민석이의 약올리는 목소리가 하늘 전체를 쩌렁쩌렁 울렸다.

"푸하하~ 알았어. 처음부터 나도 별 생각 없었어. 그냥 무언가에 빠져보고 싶었어. 대학생활이 너무 무료해서 말이야. 군대 문제로 고민도 좀 있었고……. 그래도 멋진 작품 사진 한 장 건졌잖니. 그럼 됐지. 좋은 추억이었지 뭘……."

"나는 날개가 필요 없어요. 혼자 나는 건 바라지 않아요. 나에게 배를 주세요. 내 사랑과 나, 우리 둘이 넓고 험한 바다를 노를 저어 건널 수 있는 배를 주세요."

잔뜩 찌푸린 하늘에서 곧 눈이 내렸다. 손등 위로 솜털처럼 부드럽고 작은 눈송이가 하나씩 내려 쌓였다. 녹지 않고 버텨주는 부분엔 또 한 송이가 내려 높이를 더했다.

하늘에 떠 있는 나는 제일 먼저 이 눈과 만나는 사람이었다. 나쁘지 않았다. 그해 첫눈을 누구보다도 먼저 손으로 만져보는 이 기분은…….

당신의 세상

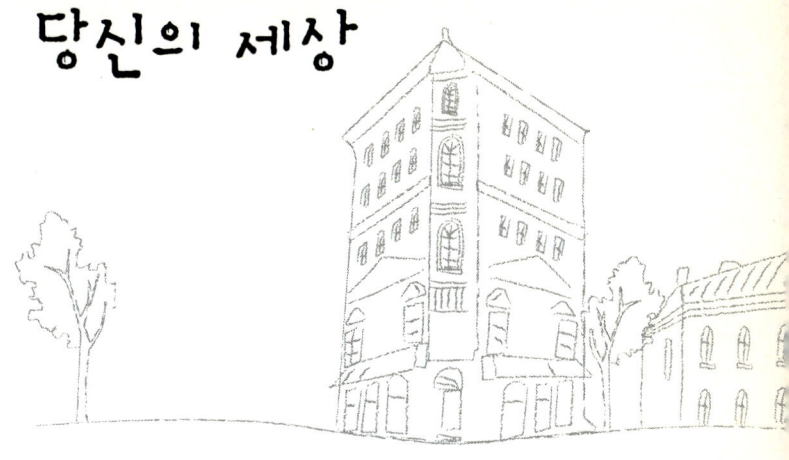

　분식집을 나섰다. 늦은 점심이었다. 항상 집중해서 글을 쓰다보면 규칙적이라 믿어왔던 식사 시간 개념이 사라지곤 한다. 최근엔 꼭 고통이 느껴질 정도로 위에서 신호가 와야만 자리에서 일어나는 일이 늘어났다. 챙겨주는 사람 없이 홀로 작업하는 버릇으로부터 생긴 잘못된 습관이었다.

　분식집에서 작업실로 걸어오는 중간쯤엔 소형 소방서가 있는데 그 건물 입구에 도심과 어울리지 않는 정자가 있다. 가끔 지나던 행인들이 옆에 놓인 자판기에서 커피를 뽑아 마시며 잠시 머물다 가는 장소인데, 평소 그 앞을 무심코 지나치던 나는 생각할 것이 많아져서 그런지 다른 사람들처럼 한 손에 커피를 든 채 그곳에서 시간을 보냈다. 휴식이 필요했다.

몇 달 전에 다니던 회사를 그만뒀다. 벌써 세 번째다. 구인 광고에 올라와 있는 회사들 중 내게 꼭 맞는 업무를 제공하는 회사를 찾는 것은 미팅에 나가서 이상형의 상대를 만나는 것만큼이나 어렵다. 어렵사리 들어가도 불평, 불만만 늘어나고 스트레스 속에 어쩔 수 없이 한번 지나가면 다시 돌아오지 않는 시간을 소모하다 결국 누군가는 인내하며 남고 누군가는 못 참고 떠난다. 나는 매번 후자를 선택했다.

그래도 나의 경우엔 각기 다른 업종의 회사에서 일했던 그 시간들이 전혀 무의미했던 것만은 아니다. 배운 것도 많고 그만큼 경험이 축적됐다. 어떻게 생각하면 그것들은 돈을 주고도 다시 할 수 없는 경험일 수도 있다.

회사를 관두자마자 을지로에 오피스텔을 하나 잡아 하루종일 틀어박혀 전부터 생각해 왔던 시나리오를 썼다. 글을 잘 쓰는 것은 아니지만 뭔가 내가 생각해낸 것을 남에게 알린다는 것만큼 매력적인 건 없을 것 같았다. 도전이란 아름다운 것이다. 생활비는 인터넷 과외 사이트를 통해 연결된 학생들에게 영어를 가르치는 것으로 충당했다.

한 겨울 2달 동안 작업한 끝에 초고가 완성됐다. 전체 흐름을 구상하고 인물들 설정하는 데만 1달 반 이상 걸렸다. 일단 이야기가 잡히니 마무리까지 살을 붙여 나가는 과정은 초스피드로 해 나갈 수 있었다. 수정에 수정을 거듭해 일단 부족하나마 완성했다는 데 의미가 있었다.

어딘지 모르게 부자연스럽고 한없이 부족해 보이는 글이라 읽을 때마다 거듭 고쳐야할 부분이 생겨나곤 했지만 언제까지나 그런 일을 반복할 수만은 없었다.

그날도 전날 밤에 고쳐야겠다고 생각한 부분을 마저 손질하느라 점심이 늦어진 것이다. 통 크게 시야를 넓혀 살펴보면 얼마든지 일을 줄일 수도 있는데, 그게 잘 안 되고 신경 쓰지 않아도 될 부분까지 일을 만들어서 양을 늘리는 걸 보면 나도 일중독이라는 것에 빠진 게 아닌가 하는 생각을 여러 번 했었다.

하지만 그날은 달랐다. 하루 종일 내용을 진전시킬 만한 것이 떠오르지 않았다. 들고 있던 시나리오를 옆에 던져두고 차가운 정자 바닥에 드러누웠다. 다시 드는 생각은 휴식이 필요하다는 것이었다.

글이란 건 좀 쉬었다 다시 보면 수정할 게 많이 생기는 법이다. 경험적으로 그랬다. 그 자리에서 나는 새로운 시각도 얻고 기분도 전환할 겸 강원도로의 여행을 계획했다. 생각만 해도 기분이 좋아졌다. 들뜬 기분에 빠른 걸음으로 서둘러 오피스텔로 돌아와 전화기부터 잡았다. 영화 〈생활의 발견〉의 주인공은 춘천에 열차를 타고 갔지만 나는 아는 형님에게 소형 중고차를 빌려 타고 갈 생각이었다.

"제목이 혼이야?"

며칠 후 첫 번째 직장에서 그만둘 때 나와 같이 나왔던 그 형님은 차를 빌려준 후 몇 시간이 지나서 뒤늦게 내가 메일로 보냈던 원고를 보고는 전화를 걸더니 다짜고짜 제목부터 맘에 안 든다고 불만을 털어놨다.

"주인공 이름이 혼인 것도 이상해. 너무 유별나잖아. 튀지 않고 기억하기 쉬운 이름이 좋아."

"아무튼 읽어보긴 한 거야?"

"읽어봤는데……, 전체적으로 캐릭터 특징을 좀 더 드러내야 돼. 지금은 너무 평이하거든."

"대사를 많이 줄여놔서 그렇게 느낄 거야."

"게다가 말이지 우리나라에서 킬러를 소재로 하는 이야기는 현실성이 없어. 홍콩이나 할리우드 영화의 이미지만 떠오르게 될 거라고."

별명이 드라큘라인 이 형님은 지금은 디자인 관련 회사에 다시 취직했지만 전부터 시나리오공모전에 몇 작품 출품했을 정도로 이 분야에 관심이 많은 사람이다. 그래서 한번 읽어 봐 달라고 보내긴 했는데 반응은 썰렁했다.

은근히 화가나 본의 아닌 막말이 나오기 전에 대충 둘러대 고 전화를 끊었다. 해줄 말이 있으면 답장을 보내겠지, 라고 생각했다.

청평 근처에서 간단하게 점심을 먹고 쉬엄쉬엄 운전하며 양평, 홍천 시내를 돌아보다 춘천에 도착하니 벌써 날이 어 두워져 있었다. 원래부터 돌아다니는 걸 좋아해 목적지를 두고 그곳으로만 향하는 직선 도로는 거의 이용하지 않는 편이라 시간을 많이 잡아먹은 후에야 춘천에 도착한 것이 다. 여관부터 잡고 나서 저녁을 먹고 춘천에서 가장 번화하 다는 1번가에 나가봤다. 드라마에도 나와 유명해졌다고는 하지만 서울과 별 차이를 못 느끼게 하는 특징 없는 지방 도시의 번화가는 매력이 없는 법이다. 춘천에 와야만 볼 수 있는 특별한 거리 조성이 필요해보였다.

늦은 시간이었지만 최대한 다리가 아프지 않을 만큼만 걸어서 도심 곳곳을 구경했다. 날은 맑았지만 역시 강원도답게 살살 부는 바람에서도 한기가 느껴졌다.

　다음날 새벽 일찍 일어나 국도를 달려 높은 지대에서 일출을 봤다. 미리 계획된 여행이 아니었기 때문에 어디에 가야 일출을 볼 수 있는지 같은 건 알 수 없었다. 무작정 높은 곳에 올라가 주차해놓고 해를 볼 수 있는 데만을 찾았다. 다행히 강원도의 아침 해는 나를 따뜻하게 맞이해 주었다.

　지나다니는 차량도, 인적도 드문 국도를 달려 내려오다 보니 쓰고 온 원고의 첫 페이지가 생각났다.

　차가 다니지 않는 이른 새벽의 어두운 국도변에 음산한 바람이 돌고 있다. 어디선가 무엇이든 튀어나올 것 만 같은 침침한 도로이다. 거기에 나뭇가지 몇 개가 바람을 타고 흩어져 떨어지는 동안 멀리서부터 작은 불빛 하나가 나타난다. 그것은 점점 커져서 살아 있는 생명처럼 흔들거린다. 그건 누군가가 들고 있던 손전등의 불빛이다. 도로를 벗어나 숲 속으로 들어가 손전등을 들지 않은 다른 한 손으로 가끔 바닥을 훑으며 무엇인가를 열심히 찾기 시작하는 그 사람은 거친 숨소리를 이따금 내뱉으며 조급하게 움직이는 것이 마치 뭔가에 쫓기고 있는 사람처럼 보인다. 몇 발자국 더 지나 도로가 보이지 않는 더욱 컴컴한 곳에 다다랐을 때 그의 발에 갑자기 뭔가 물컹한 게 밟힌다. 손전등을 비추자 죽은 사람의 손이 어둠 속에서 나타난다. 놀라서 뒷걸음질치며 잠시 숨을 고르던 그 사람은 다시 조심스럽게 다가가 시체의 옷을 뒤져 지갑과 열쇠, 메모지 등을 찾아낸다. 지갑에서 꺼낸 신분증을 확인한 그는 체념한 표정을 지으며 모두 제 주머니에 넣어둔 뒤 주위를 둘러보다 천천히 시체로부터 뒷걸음질 치며 도로 쪽으로 향한다. 그 사람이 다시 도로에 올라오자 얼마 떨어져 있던 곳에서 대기하던 차가 가까이 온다. 그는 자기 옷에 묻은 먼지와 나뭇가지를 툭툭 털고는 운전자를 향해 고개를 좌우로 흔들어 보이며 옆 좌석에 올라탄다. 차는 곧 떠나버린다. 사람의 흔적을 지우려는 듯 한 차례의 모래 바람이 쓸고 간 도로 위로 점점 밝아지며 자기의 색을 찾아가는 하늘이 일어난다.

여관으로 돌아와 대충 씻고 근처에서 아침을 먹은 뒤 다시 길을 나섰다. 춘천에 와서 소양강댐을 안보고 갈 순 없었다. 꼬불꼬불 호수길을 따라 도착한 곳에 웅장한 댐이 자리하고 있었다. 영화 〈나그네는 길에서도 울지 않는다〉에서 명장면을 장식했던 물안개는 보이지 않았지만, 선착장에서 출발한 유람선이 태양에 반사된 소양호의 물살을 가르며 지나갈 때는 마치 한 폭의 그림을 보는 것 같은 깊은 인상을 주었다.

소양강댐이 내려다보이는 난간에 기대 매점에서 산 캔 커피를 마시며 잠시 햇살의 따스함을 느껴봤다. 온몸의 세포 하나하나가 우주로부터 에너지를 흡수하기 위해 활짝 문을 열어놓고 있는 것 같은 기운이 전해졌다. 아마 근처에 여자들끼리 여행 온 일행이 있었다면 대뜸 말을 걸었을 지도 모르겠다. 하지만 아침이고 주중이라 주위를 둘러봐도 여행객은 나밖에 없었다.

소양호 길에서 돌아 나와 다시 북쪽으로 향했다. 얼마쯤 가니 본격적으로 매우 험난한 산길이 나오기 시작했다. 강원도다웠다. 나는 간혹 에스자로 굽은 도로를 달릴 때나 깊은 내리막에서는 액셀러레이터를 전혀 밟지 않고 속도를 줄인 채 뒤에서 따라오는 차량들을 모두 앞으로 보내곤 했는데, 주변의 산세를 방해받지 않고 운전하며 감상하기 위해서였다. 운전대를 잡기만 하면 사람들의 성격이 어떻게 달라지는지 예상하기는 너무 쉽다. 누구나 굽은 도로를 달리면서는 앞 차를 바짝 추격하고픈 욕구가 생기는 모양이다. 나는 그런 사람들과 도로 위에서 함께 섞이는 게 싫었다. 그냥 앞으로 보내버리면 그만이다.

생전 처음 달리는 도로여서 가끔 차를 갓길에 대고 지도책을 봤다. 적어도 내가 어디쯤 가고 있는 지는 알아야 했다. 큰 도로에서 벗어나 양쪽으로 차가 한 대씩 겨우 지나갈 수 있는 좁은 길을 따라 마을을 둘러보면서 다녔기 때문에 더욱 그랬다.

어영부영 양구에 도착했다. 강원도 한복판치고는 비교적 널찍한 평야 지대에 세워진 아담한 도시였다. 주변에 군부대가 많아서 그런지 군복을 입은 사람들이 많이 눈에 띄었다. 이등병 시절이 생각났다. 세상에서 제일 불쌍한 친구들이다. 누구든 군복을 입혀놓으면 일병 때까지는 군복 다리미질을 어떻게 하든, 얼굴 생김새가 어떻든 학력이 어떻든 상관없이 촌스럽고 보잘 것 없는 사람으로 보이게 된다. 통제를 받고 있다는 무력감이 주는 묘한 기운 때문인 것 같다. 나는 몇 명의 군인들만 앉아 있던 중심지에 있는 한 식당에서 조금은 짜고 매웠던 된장찌개로 점심을 해결했다.

하늘이 어둑어둑해졌다. 눈이라도 내리면 낭패였으므로 빨리 설악산을 넘어야겠다는 생각에 곧바로 원통을 거쳐 한계령으로 향했다. 그야말로 귀가 뻥 뚫리는 대지의 지붕을 달리는 느낌이었다. 3월임에도 아직 녹지 않은 눈이 삐쭉삐쭉 하늘을 향해 솟아있는 촛대 같은 수십 개의 봉우리에서 계곡을 따라 흰 칠을 해놓고 있었다. 한계령 휴게소에선 여기저기 카메라를 들고 촬영을 하는 사람들로 북적거렸다.

그다음부터는 그야말로 핸들을 좌우로 쉴 새 없이 돌려야 하는 에스자 내리막의 연속이었다. 혹시라도 그늘진 곳에 아직 빙판이 남아 있을까봐 조심스럽게 내려왔다. 다 내려왔다 싶으면 또다시 땅을 뚫고 내려가는 듯한 굽은 길의 무리가 나타나기를 반복했다.

그렇게 한 시간쯤 걸려 퓐현상을 일으킨다는 거대한 산맥을 넘고 나니 드넓은 평야와 바다가 보였다. 한반도 동쪽 끝에 도착한 것이다. 그곳엔 조금 전까지 온 하늘을 덮어 나를 서두르게 했던 먹구름은 말끔히 걷히고 햇볕만 쨍쨍 내리쬐고 있었다.

머뭇거림 없이 양양을 거쳐 조선의 개국공신이었던 하륜과 조준이 은거했다고 해서 유명해진 하조대로 들어갔다. 노송으로 어우러진 육각정에서 기암절벽 너머의 바다를 보니 가슴에 쌓였던 그 무언가가 다 씻겨 내려가는 것 같은 기분이 느껴졌다. 한마디로 시원했다. 어떤 텔레비전 프로그램에서 진행자가 했던 말이 생각났다.

'이런 경치를 보지 않고 어떻게 세상을 살았다고 할 수 있는가.'

근처에 있는 전망 좋은 등대에도 가보며 한 30분쯤 여기저기 둘러보다가 차를 세워뒀던 해수욕장 주차장으로 내려왔다. 그리고는 유난히 반짝거린 새하얀 모래사장에 반해 한동안 그곳을 거닐었다. 소양호와 마찬가지로 사람들은 거의 없었지만 해변 가운데에 있는 바위에 올라 낚시를 하거나 큰 개를 데리고 나와 산책을 하는 연인이 가끔 보여 반가웠다. 참 긴 백사장이었다.

차를 타고 조금 내려와 만난 주문진에서는 오래돼 보이는 수산시장을 끼고 도는 해안길이 인상적이어서 마치 사진작가라도 되듯이 연신 카메라 셔터를 눌러댔다. 그렇지만 눈에 보이는 좋은 풍경이 꼭 멋진 사진으로 이어지지 못한다는 게 문제다. 막상 인화해서 나온 사진을 보면 별 것 아닌 때가 많았다. 그래서 종종 그것은 사진이라는 결과물보다는 좋았던 기억으로만 남는 경우가 많은데, 나는 그것을 아쉬워하지 않는다. 사진을 누가 어떻게 찍느냐에 따라 달라지듯 풍경에 대한 감상이나 기억도 마찬가지로 사람 간에 차이가 있는 법이다. 꼭 사진으로 남기지 않더라도 각자가 느끼는 것만큼 간직하는 것도 괜찮은 것이라고 생각한다.

시간이 더 가기 전에 강릉을 거쳐 정동진까지 한 걸음에 내달렸다. 거기에서 민박집을 잡고 싶었기 때문이다. 드라마에 나온 이후 연인들의 명소가 되어버린 그곳에 내가 도착했을 때에는 다른 곳과는 달리 황토빛 모래사장을 거니는 연인들이 꽤 있었다. 텔레비전의 홍보효과는 무서웠다.

좋은 이야기 소재가 떠오를까 싶어 정동진 역사를 통과해 기찻길로 비디오카메라를 들고 가려다가 한 검표원이 촬영은 금지라고 해서 무안했던 그곳에서 좀 떨어진 곳에 민박집을 잡았다. 1층짜리 소박한 곳이었다.

저녁엔 바닷가를 좀 쏘다녔다. 물에 들어가는 사람은 없었지만 돈을 내고 타는 레저용 자동차로 모래사장을 질주하며 즐거워하는 가족 단위 여행객은 좀 있었다. 폭죽을 터뜨리는 연인들도 있었다. 그들과 조금 떨어진 곳에 자리를 잡고 앉아 아직은 으슬으슬한 밤기운을 느끼며 오랜만에 낭만적 감상에 젖어봤다. 나도 언젠가는 저들처럼 이곳에서 즐거운 시간을 보낼 날이 오겠지.

다음날 민박집 식당에서 간단하게 아침을 먹었다. 비록 정통 강원도 식당들은 아니었지만 이상하게 나한텐 이틀간 먹어본 강원도 음식은 대체로 짰다. 반찬도 그렇고 국도 그랬다. 주인아주머니 모르게 국에 맹물을 약간 부어 먹었다.

혼자 신문을 펼쳐놓고 텔레비전을 보며 밥을 먹는 모습은 여행지뿐만 아니라 어디서든 그리 낯선 풍경은 아니다. 마침 시나리오에서 생각나는 장면이 있었다.

한 사내가 식당에서 아침을 먹고 있다. 가끔 들어오는 손님과 가볍게 인사를 나누기도 하는 그는 44세 중년의 남자 강천. 근무복 스타일의 옷차림에 희끗희끗한 짧은 머리를 하고 있는 전형적인 서민형 외모지만 눈빛이 날카로워 남다른 사연이 있을 것만 같은 사람이다. 무표정한 얼굴로 신문을 읽으며 가끔 텔레비전을 쳐다보던 강천은 곧 아침을 마치고 짐을 산처럼 쌓은 오토바이와 트럭들이 분주히 오가는 시장 골목길을 끈이 긴 가방을 둘러메고 걷는다. 그가 도착한 곳은 20평정도 되는 어느 편집 사무실. 여러 명의 디자이너들이 앉아 편집 작업을 하고 있고 몇 명의 남자 직원은 전화 통화를 하고 있다. 한 디자이너 옆에 선 강천은 그녀와 같이 컴퓨터 모니터를 보며 열심히 자신의 의뢰 제품이 올바로 디자인되도록 진지한 태도로 설명한다. 자신이 알려준 대로 디자이너가 작업한 화면을 유심히 보며 잘 된 것인지 확인하지만 여전히 잘 모르겠다는 표정을 짓던 강천은 고개를 뒤로 빼 보기도 하고 방향을 달리해 쳐다보기도 하지만 여전히 불만 많은 얼굴이다.

어떻게든 작업을 끝낸 강천은 집으로 돌아오는 길에 전화로 들어온 주문의 자세한 상담을 위해 도심의 한 빌딩 로비에서 의뢰인을 만난다. 그에게는 늘 있는 일이다. 사무실이 없이 집과 인쇄소를 오가며 1인 사업을 하는 그에게는 길에서 이루어지는 주문이 많은 법이다. 언뜻 외모와 어울리지 않아 보이지만 광고, 판촉물 사업이 그에게는 천직이나 다름없다. 책상에 가만히 앉아 일해야 하는 직업은 그에게 어울리지 않는다. 그건 아마도 그가 젊은 시절 몸을 담았던 일과도 연관되어 있으리라.

하루 일과를 마치고 조용한 주택가의 3층 집에 돌아오면 그는 습관적으로 맨 먼저 소파에 드러눕는다. 한 1분 정도 아무것도 하지 않고 그대로 천장만 뚫어져라 보다가 일어나 옷을 갈아입고 화장실에 들어가는 게 정해진 순서다. 혼자 살고 있는 그는 나름대로 원칙을 가지고 살지 않으면 안 된다. 청소와 빨래, 설거지 등은 아무리 바빠도 그때그때 해결해야 하고, 누가 지켜보고 있지 않아도 잘 썻고 잘 챙겨야 한다. 그러지 않으면 통제할 수 없는 게으름이 찾아와 언제나 일상을 곧 어지럽히게 된다는 걸 그 자신이 누구보다도 잘 알고 있기 때문이다. 세면대 앞 거울로 자신의 모습을 비춰보던 강천은 오늘따라 눈썹 위에 나 있는 작은 흉터가 유난히 도드라져 보이는 것에 신경이 쓰이는 모양이다. 자꾸 만져보지만 특별히 달라질 건 없다.

여기서 강천이라는 사내는 어두웠던 과거를 잊고 새로운 삶을 꿈꾸며 바닥에서부터 다시 시작하려는 인물이다. 뒤돌아보지 않고 하나의 목표를 따라 쉴 새 없이 달려온 현대사를 살아온 모든 이들의 영욕이 투영되고 있는 캐릭터다. 사람마다 가볍고 무거운 정도는 다르겠지만 누구에게나 숨기고 싶은 과오가 있기 마련이다. 환부를 도려내야 새살이 돋는다.

그러나 강천은 희생양일 수 있다. 정작 육체와 정신을 썩게 만드는 치명적인 암 덩어리는 서로 감추기에 급급하고 단지 표면적으로 드러나 있는 상처에만 칼질을 요구하다 자멸하고 마는 사회의 상징적 산물일 수 있다. 강천은 누구로부터 강요를 받은 적은 없다. 그렇게 해야만 한다는 양심의 발로였다. 다만, 사람들이 그런 결심을 하도록 분위기를 조성하는 것이 치명적인 암이 부각되는 것을 숨기기 위해 과장되어 이심전심으로 진행된다는 게 문제다.

나는 강천이 한 거대한 시대와 싸울 수밖에 없는, 그러면서도 스스로 자기 파괴적인 과거로부터 자유로울 수 없는 불완전한 영웅으로 묘사하고자 했다. 이 한사람의 고독한 영혼은 투명한 구슬이 되려 한다. 그러나 바닥이 기울어지면 구슬은 자기의 의지와 상관없이 바닥으로 굴러 떨어진다.

다시 전날 그냥 지나쳤던 강릉으로 가서 오죽헌과 허균 기념관 등을 둘러보았다. 긴 역사를 간직한 고장답게 선조들의 혼이 살아 숨 쉬는 곳이라는 상투적 표현을 수첩에 적었다. 나중에 이런 것도 다 써먹을 데가 있는 법이다. 자료를 모은다고 생각하고 여기저기 다니며 사진도 찍었다.

카메라를 든 김에 강릉 시내도 돌아다녔다. 아주 어릴 때 한번 와본 곳이기는 하지만 기억은 전혀 없었다. 한반도의 중

추 산맥을 넘어야 하는 정서상 매우 먼 곳이라 낯선 느낌이 들 것 같았는데, 역시나 이곳이 서울 주변의 어떤 한가한 도시라 해도 별로 이상할 게 없어 보이는 특징 없는 거리의 모습에 약간 실망했다.

해안 도로를 따라 동해 쪽으로 내려오다 방향을 틀어 정선으로 향했다. 태백과 영월, 제천을 거쳐 돌아오는 길과 정선, 평창, 원주로 오는 길을 놓고 고민하다가 후자를 택하게 됐다. 무릉계곡을 품고 있는 두타산, 청옥산, 고적대, 중봉산으로 이어지는 백두대간의 어마어마한 덩치에 기 눌려 있다가 남한강의 발원천이라고 하는 아담한 골지천과 함께 낭만적인 기찻길이 나타나니 이제 강원도도 다 넘어온 것인가 하는 착각이 들었다. 아직 강원도 한복판인데 말이다.

민초들의 애환을 담은 구슬픈 가락이 어디선가 들려올 것 같은 아우라지의 맑은 강물이 곧 나를 반겼다. 멈춰 섰다, 갔다를 반복하며 차량의 흐름을 끊는 민폐를 범하면서도, 꼬불꼬불한 도로를 앞서거니 뒤서거니 동행하는 기찻길과 소소하고 멋들어진 산세와 물길이 조화된 한 폭의 동양화를 외면할 수 없었다.

정선에 도착해 이곳의 명물이라는 메밀로 만든 콧등치기

국수를 먹고 민박을 잡았다. 오후 남는 시간에 근처 산이나 올라갈까 생각해 지도를 보다가 좀 멀지만 민둥산이라는 곳으로 무조건 향하게 됐다. 높은 산이면서도 길이 험하지 않아 등반이 쉽고 정상이 모두 억새로 이루어져 아름다운 자태를 뽐내는 곳이라는 매력이 나를 이끌었다. 두툼한 옷이나 장비 없이 무작정 간 것은 물론 실수였다.

한 2시간 오른 것 같다. 쉬엄쉬엄 올라가니 어느덧 정상에 도착했다. 말로 표현할 수 없는 그림 같은 곳이었다. 평일 산에 올라온 등반객들의 사연을 일일이 알 필요는 없었다. 다 나와 같은 처지였을 것이다. 대학생으로 보이는 여자 둘은 좀 특이하긴 했다. 나는 쉬지도 않고 재잘거리며 덤벙대던 그녀들이 사진을 잘 찍을 수 있도록 도와줬다. 민둥산은 사진으로 남길 만한 배경이 매우 많았다.

해가 기울어져서야 산에서 내려왔다. 생각보다 컨디션이 좋지 않았다. 몸이 부들부들 떨렸다. 주차장 앞 가게에서 간단하게 빵과 따뜻한 우유로 허기를 지우고 정선 읍내로 돌아왔다. 대충 씻고 따뜻한 방에 들어가 누우니 여기가 강원도 중심의 정선인지 아니면 서울의 어느 여관방인지 구분이 되질 않았다. 내가 지금 여행을 다니는 꿈을 꾸는 것인지 아니면 실제로 강원도에 와 있는 것인지조차 헛갈릴 정도로 몽롱해졌다.

흩어져 있던 퍼즐 조각이 맞춰지며 형상이 나타나듯 갑자기 떠오른 기억. 그때 최 회장은 무소불위의 힘을 자랑하던 때였다. 웬만한 정치나 돈 많은 기업가들도 언제나 그를 만나기 위해 줄을 서야했을 정도였다. 그러나 이제 세월이 흘렀다.

어떻게 그 힘겨운 시간을 버티며 여기까지 왔을까? 강천은 한 건물 계단에 서서 창밖을 보며 생각에 잠겨 있다. 조금 떨어진 곳 놀이터에서 미영과 소연이 쉬면서 얘기하는 모습을 지켜보고 있는 중이다.

곧 혼이 헐레벌떡 숨을 쉬며 올라온다. 강천에게서 접혀진 쪽지와 인형을 건네받고 빠른 걸음으로 놀이터까지 간 혼은 쪽지를 미영에게 전달하고는 소연이에게 가까이 가 인형을 마치 자신이 선물한 것처럼 생색을 내며 친한 척을 한다.

쪽지를 읽은 미영은 잠시 머뭇거리다 강천이 있는 쪽을 바라본다. 혼이 여전히 소연이의 환심을 사려고 이런 저런 말을 걸고 있는 중이다. 건물 계단을 올라와 창가에 서 있는 강천 가까이 온 미영은 더 올라오지 않고 일정한 간격을 두고 서서 벽을 응시하고 있다.

"당분간 연락을 못할 것 같아서……. 혹시 모르니까 날 찾는 사람이 있거나 그러면 무조건 모른다고 하고, 저 학생, 일하면서 만난 아인데 착하고 믿을 만해. 무슨 일이 생기면…… 아니, 내가 돌아올 때까지 저 학생 집에서 지내는 게 좋을 것 같은데……."

미영이 원망 섞인 눈빛으로 묻는다.

"이번엔 또 무슨 일이죠?"

강천은 대답을 하지 못한다.

"나는 걱정하지 말아요. 더 잃을 것도 없는 사람이니까."

"누구 만나는 사람 있어?"

"있다면 믿을 거예요?"

퉁명스럽게 대답하는 미영에게 지금 사태가 얼마나 심각한지 설명하려고 생각하니 강천의 가슴은 깊게 조여오고 있었다.

"이번엔 내 말 좀 들어봐. 난 매일 당신하고 소연이 생각밖에 안 해. 소연이한테 해가 되는 일이라면 꿈에서라도 하고 싶지 않아. 그러니까…… 안심하고 내 말 들어. 응?"

쉽게 대답하지 못하는 미영을 보고 더 이상 말을 잇지 못하던 강천은 소연이가 수줍게 웃고 있는 창밖의 모습을 보며 더욱 복잡하고 혼란스런 마음에 몸은 점점 더 경직되어 갔다.

다음날 아침 느지막하게 일어나 좀 피곤이 덜 풀린 몸을 이끌고 평창으로 향했다. 특징 없는 평범한 길을 가다보니 기름이 바닥인 걸 모르고 주행하다가 주유소를 못 찾아 하마터면 차가 설 뻔 했다. 내 생각엔 차가 멈추기 100미터 전에 발견된 주유소에서 기름을 넣은 것 같았다. 아슬아슬했다.

전날 무리해서 산행을 한 게 탈이었다. 정신이 없긴 없었나보다. 길까지 잘못 든 것이다. 평창 군청 앞에서 안흥 쪽으로 빠졌어야 하는데 무심코 가다가 깜박하고 지나쳐버렸다. 안흥 찐빵을 사러 다시 돌아가야 하나.

다행히 조금 가니 주천이라는 찐빵마을이 나타났다. 몇십 개 되는 찐빵 가게가 길을 따라 죽 늘어서 있었다. 흥미로운 풍경이었다. 어느 가게의 주인아줌마 말로는 안흥 못지않게 찐빵이 맛있기로 소문난 곳이라 했다. 만원어치를 사서 계속 하나씩 꺼내 입에 물며 운전을 했다.

이 동네쯤 되면 서울에서 그리 멀지 않기 때문인지 명당자리라 여겨지는 남향 산기슭 곳곳에 전원주택 단지가 보였다.

왠지 쓸쓸해 보이기도 하지만 도시 생활의 다양한 스트레스로부터 해방되는 삶을 살 수 있다면 이런 곳도 좋을 것 같다는 생각이 들었다.

어느덧 치악산 자락이 보이기 시작했다. 길도 넓어지고 차량이 많아졌다. 치악산을 끼고 돌아 원주에 들어서니 막히기까지 했다. 그러고 보니 토요일이었다. 서울에서 온 차량들이 종종 눈에 띄었다.

원주 시내의 자그마한 식당에서 늦은 점심을 먹은 뒤 마침 인테리어가 잘 돼 있는 노천카페가 보이기에 자리를 잡고 카푸치노를 하나 주문했다. 그리고는 다리를 꼬고 앉아 신문을 보며 폼을 좀 내봤다. 번화가여서 손님이 많았다. 옆에 앉은 여학생들의 재잘거리는 수다가 정겹게 들려왔다.

"Midnight, The Stars and You"의 잔잔한 선율이 들릴 듯 말 듯 작게 울리고 있다. 커피를 천천히 마시면서 카페 내부를 둘러보는 강천. 창 밖 거리의 모습, 카운터, 화장실 입구, 잘 인테리어 된 천장, 각 테이블, 벽에 걸린 그림들……. 그중 유난히 시선을 끄는 풍경화 하나가 보인다. 한 소년이 모래사장 등을 보이며 앉아 파도가 치는 바다를 바라보고 있는 그림이다. 묘한 매력을 가진 그 그림을 지켜보던 강천은 문득 시계를 본다. 어느덧 11시.

여느 때처럼 평온한 일상을 보내는 사람들의 모습이 다시 창밖으로 보인다. 아침 시간이라 컵을 닦고 있는 종업원은 단한 명뿐이지만, 수상한 낌새는 어디에도 없어 보인다. 그때 문을 열고 누군가가 들어온다. 깔끔하게 양복을 입은 사내다. 그는 천천히 주위를 둘러보며 카페 중앙쯤에 의자를 빼고 앉는다. 강천이 혼자 앉아 있었지만 눈길을 주지는 않는다. 얼마 떨어지지 않은 곳에 앉는 사내의 등장을 조심스레 지켜본 강천은 그가 그동안 봐온 틀림없는 킬러 엑스라는 사실을 알고 있다.

강천이 킬러의 앉은 뒷모습을 위에서 아래로 훑어보는 동안 킬러는 누가 자신을 쳐다보든 말든 전혀 개의치 않는 모습으로 신문을 꺼내들고 한 장 한 장 넘겨가며 읽고 있다. 아니, 어쩌면 그는 자신이 등지고 있는 한 손님의 움직임에 한껏 경계하고 있는지도 모른다. 강천은 긴장된 마음을 가다듬으려 크게 심호흡을 한다. 따사로운 햇살이 창가 쪽에 앉은 강천의 얼굴 쪽을 비추기 시작한다. 강천은 남은 커피를 마저 마시며 카페 주위를 다시 훑어본다.

카페에 손님은 킬러와 강천 단 두 사람뿐이다. 강천은 한 손으로 상의 주머니 안쪽을 만지며 칼이 안전하게 있는지 확인한다. 커피를 만들고 있는 여종업원의 모습과 킬러의 뒷모습을 번갈아 보던 강천은 쉽게 줄어들지 않는 긴장한 모습이 예전의 자신과는 확실히 다름을 느끼게 된다.

고개를 숙이고 절레절레 흔들더니 마침내 결심한 듯 남은 커피와 물 한잔을 들이켜고 헛기침을 시원하게 하고는 천천히 일어나 계산서를 들고 카운터 쪽으로 간다. 의자를 조심스럽게 밀쳐내며 킬러의 바로 뒤쪽을 지나가는 강천. 기회는 단 한번 뿐일 수도 있다. 상대는 젊은 킬러이기 때문이다.

쉴 새 없이 달렸다. 고속도로 못지않은 고속화도로 덕택에 빠르게 문막, 여주, 이천, 광주, 성남까지 한걸음에 내달릴 수 있었다. 다행히 도로는 한산했다. 나는 100킬로 가까이 되는 속력을 내면서 한손으로는 비디오카메라를 들고 주행하는 것을 찍는 여유도 부렸다. 라디오에서 나오는 음악에 맞춰 소리 지르며 노래도 불렀다.

그런데 날이 완전히 저물 때쯤 서울에 진입하니 가랑비가 추적추적 내리고 있었다. 가뜩이나 막히는 곳인데 당연히 도로는 주차장이 되어 내 차는 앞뒤로 꼼짝없이 갇히고 말았다. 간신히 우회전에 좌회전에 나름대로 빠른 길을 찾았지만 가는 곳마다 사고로 혹은 공사로 정체 구간과 만날 뿐이었다.

배까지 부글부글 끓었다. 이 마당에 어디에서 화장실을 찾으란 말인가. 여행 마지막 날 집을 코앞에 두고 하필 이런 고생을 하다니 운도 참 없었다. 무조건 참을 수밖에 없었다. 우산도 없었으니까.

어떻게 오피스텔 내 방까지 들어왔는지 모르겠다. 아마 누군가가 내차를 번쩍 들어서 오피스텔 주차장 입구에 내려준 모양이다. 기억이 나지 않을 정도로 혼미한 상태에서 어떻게든 들어온 것이다. 사고는 나지 않았지만 기분은 영 엉망이 되었다. 생리 현상을 모두 마무리한 뒤 그대로 쓰러져 잠들었다.

다음날 하루 침대에서 나오지 않았다. 눈을 감고 있으니 계속 그냥 잠이 왔다.

얼마쯤 잤을까. 어느 순간 나는 벌떡 일어났다. 며칠 동안 누워 있었던 것인지 막연한 두려움이 있었기 때문이다. 빨리 날짜와 시간을 알고 싶었다. 혹시 그대로 잠들어 냉동된 후면 미래에 깨어난 게 아닐까? 지금은 혹시 22세기?

다행히 월요일 새벽 5시였다. 인류의 미래 생활에 어떻게 적응해야 할지 걱정하지 않아도 되니 안심이 되었다. 창문을 열고 내부 환기를 시켰다. 일찍 일어나 출근하는 직장인들, 청소하시는 분들, 반쯤 눈이 감긴 채 걸어가는 것처럼 보이는 어린 학생들, 일 나가는 아주머니들이 보였다. 여행 도중 내내 피우지 않았던 담배를 꺼내 한 모금 깊게 빨아들였다.

"이젠 끊어야지. 이 쓸모없는 담배……."

담배 끝 불꽃이 일렁이는 게 보였다.

빌딩이 숲을 이루고 있는 도심의 한 건물 옥상. 맑고 청명한 하늘에서 불어오는 바람에 담뱃재를 흩뿌리며 서 있는 한 사람이 있다. 최 회장이다. 물결이 흘러가듯 차량들이 규칙적인 간격을 두고 흐르는 도로를 지긋이 내려다보고 있다가 인기척이 나자 뒤를 돌아본다. 신사복을 말끔하게 빼입은 강천이와 인사를 한다. 그 옆 조금 떨어진 곳에 박 이사가 몇 명의 부하들과 같이 서 있다.

"얘기 들었어."

"죄송합니다."

"아냐, 아냐……. 자네도 이제 나일 많이 먹었잖나. 언제까지나 이렇게 지낼 수는 없지……. 그래, 갔다 오면 뭘 할 건가?"

"아직……. 모르겠습니다."

"그래, 편히 쉬면서 생각해보게……."

"예……."

최 회장이 고개를 숙이고 있는 강천을 힐긋 쳐다보더니 담배를 길게 빨아들인 뒤 내뱉으며 말을 잇는다.

"이봐, 강천이. 악은 말이야……. 악이 청소하는 거야. 선이 나서면 악은 더 강해지는 법이지. 자연은 그걸 알기 때문에 한 번도 선의 이름으로 악을 지배하려 한 적이 없다네. 뭘 모르는 인간들이나 자기를 선이라 주장하며 악을 억누르려고 하지. 그때마다 오히려 악은 강해지기 마련이야……. 악이 제일 무서워하는 게 뭘 것 같나. 바로 자신보다 더 강한 악이야."

강천이 묵묵히 듣고만 있자 최 회장은 담배를 꺼서 도로로 던진다.

"딸이 하나 있다고 했지?"

"네, 3살입니다."

"음…… 3살이라……. 한참 귀여울 때구면. 내가 얘기 했던가? 나도 딸이 있었는데 학교도 못 보내고 잃었다네……. 내가 죽인 거나 마찬가지지……."

잠시 침묵이 흘렀다. 최 회장은 고개를 돌려 부하들과 함께 옥상 계단으로 향해 간다.

"그래도 가끔 연락은 하고 지내자고……. 잘 가게."

곧 최 회장과 박 이사 일행이 건물 옥상에서 사라진다. 홀로 남은 강천은 아무 말 없이 웅장하게 서 있는 거대한 빌딩들에 시선을 고정한 채 생각에 잠긴다. 비정한 세상을 느끼게 해주는 회색 빌딩들.

저녁때 시나리오 문제 상의도 할 겸 후배 현식이에게 전화를 했다. 그가 작은 영화사에 다니는 현업 종사자였기에 대체적인 영화계 동향을 알고 싶어서 별로 친하진 않았지만 용기를 내서 찾아가기로 한 것이다. 그의 집이 있는 여의도까지 지하철을 타고 갔다. 그런데 그 녀석의 집에서 전혀 뜻밖의 사람을 보게 됐다. 피씨통신 시절부터 자주 만나 대화를 나눴던 한 여자, 이주연을 다시 만나게 된 것이다.

6년 전 피씨통신 오랜이야기라는 모임의 일원이었던 그녀와 나는 거의 일주일에 한 번씩 미사리로 드라이브를 가곤 했는데 그때마다 커피 값과 기름 값을 지불해줄 사람을 한명씩 새로운 회원으로 끌어들였다. 나와서 얘기하다 우리에게 실망하면 회원에서 탈퇴하고 다음부터 만나지 않으면 그만이었다. 주로 새로운 회원을 꼬시는 일을 이주연이 맡았다. 대화방에서 자기 사진 중에 가장 잘 나온 것을 올리고 만나자고 하면 대부분 성공이었다. 조건은 그 남자가 커피 값과 간단한 군것질 값을 내는 것이었다. 좀 비겁하긴 했지만 당시 대학생 신분이었기에 돈이 없어 미사리에서 사람을 만나려면 그렇게라도 할 수밖에 없었다. 대신 나는 운전을 책임졌다.

물론 우리 만남은 매우 순수했다. 수다 떠는 걸 좋아했던 그녀는 자기 얘기를 지루한 표정 없이 들어주며 말이 잘 통하는 나와 만나는 걸 좋아했던 것 같다. 다만, 평소 연예인들 사정에 밝고 그런 생활을 동경하며 눈마저 높아져 나를 연인으로는 절대 생각하지 않던 여자였다. 어쩌다 새로운 회원 중에 정말 마음에 드는 남자가 있지는 않을까 그걸 기대하고 나를 이용했던 것일 수도 있다.

그런데 그때 그 여자가 지금 여기에 있는 것이었다. 사소한 다툼으로 거의 1년 간 지속됐던 이야기 모임은 해체됐고 그후로 몇 년간 잊고 지냈던 그 여자였다. 지금은 현식이의 아내가 되어 있었다.

나는 처음에 그녀를 보자마자 온 몸이 마비되는 것 같았다. 맘대로 움직일 수가 없을 정도였다. 그녀도 적잖이 놀랜 것 같았다. 그렇지만 현식이에게는 철저하게 숨겨야했다. 우리는 처음 보는 사이인 것처럼 인사를 한 뒤 자리에 앉았다. 거실엔 현식이가 술을 마시고 있었고 옆에 그의 친구 병욱이라는 애가 와 있었다.

"오늘은 술 조금만 마시자."

이미 꽤 진행된 상태였다. 병욱이라는 친구가 현식이를 말리고 있었다.

"괜찮어……. 정훈이 형님! 술 잘하시죠? 저랑 해요."

현식이가 혀 꼬부라져 가는 발음으로 말했다.

"난 잘 못 마시는데……."

"빼지 마시고……."

곧 부엌에 갔던 이주연이 과일과 맥주를 몇 병 더 들고 나타났다.

"오신다는 얘긴 들었는데……."

"네……. 너무 늦게 온 건가요?"

멋쩍게 대답했다. 물론 예전엔 서로 말을 놓았었다. 내가 몇 살이나 더 많았기 때문이다. 현식이는 계속 병욱과 나에게 술을 권했다. 어쩔 수 없이 몇 잔 들이켰다. 정작 정보는 얻지 못하고 이대로 돌아가야 할 판이다.

30분쯤 흘렀다. 맥주 여러 병을 소화했다. 아직 피로도 안 풀렸는데 괜히 찾아와서 술만 마시고 잊고 있던 옛날 일까지 기억나게 하고…… 실수였다.

"어머 제가 강원도가 고향이에요. 그쪽은 어디세요?"

"전 서울입니다."

내가 중간에 며칠 전까지 강원도 일주를 하고 돌아왔다는 얘기를 꺼내자 이주연이 갑자기 끼어들었다. 그래도 강원도가 고향이라는 건 처음 알았다.

"홍천이라는 곳인데 혹시 아세요?"

"물론 알죠. 거기서 군 생활했는데."

"아~ 그렇구나……. 현식 씨는 방윈데."

"네에…… 요즘은 신체 건강한 방위 많더라고요."

"그런데 강원도 어디어디 돌아보셨어요?"

"홍천, 춘천에서 양구로 해서 한계령 넘어서 양양, 강릉, 정동진, 정선, 평창, 원주 이렇게 돌았어요."

"혼자서요?"

"네, 조용히 바람을 좀 쐴까 해서……."

"어때요? 산밖에 없어서 좀 심심했죠?"

"아니에요. 모처럼 드라이브도 하고 좋았어요. 산 정상에도 올라가봤고 무슨 산이더라……."

"네……. 예전에도 드라이브 좋아하시더니."

읍~ 그 얘긴 갑자기 왜하지, 라고 속으로 생각했다. 현식이 표정을 봤는데 다행히 술에 약간 맛이 가서 눈치를 못 채고 있었다. 다만 병욱이라는 친구는 우리 대화를 안 듣는 척 하면서 다 듣고 있을 것만 같았다. 마음에 걸렸다.

"요즘도 그런 모임 하세요?"

"무슨 모임을……."

나는 화들짝 놀라 병욱에게 땅콩을 밀었다.

"안주 좀 드세요."

병욱은 알았다는 듯 멋쩍게 웃더니 땅콩을 집어먹으며 내 얼굴을 빤히 쳐다봤다.

"사람들 만나면 사실 오해가 좀 생기기 마련이에요. 그때도 그 뚱뚱한 분, 게임방 사장인가 하던 사람 때문에 일이 좀 커졌었죠."

"아, 네……."

나는 현식이가 고개를 들고 귀를 쫑긋 세우는 것 같은 느낌을 받았다. 더는 안 되겠다 싶어서 슬쩍 자리에서 일어났다.

"속이 좀 안 좋아서 이만……. 현식아 너는 술을 그렇게 마시고 그랬냐. 내가 다음에 와야 할 것 같다."

"아 형, 벌써 가게?"

"저도 가야겠네요."

병욱도 일어섰다.

"아 그럼 제가 두 분 모셔다 드릴게요. 집이 어디죠? 병욱 씨는……."

"저 천호동이에요."

"네……. 선배님은?"

"전 을지로에 삽니다."

"천호동 먼저 가고 돌아서 을지로 가면 금방이겠네요."

금방일 리가 없었다. 여의도에서 천호를 돌아 을지로라니……. 아무튼 그녀는 예전처럼 당당했다. 현식이가 아무것도 모르고 운전 잘하라고 그녀 등을 토닥거리고는 화장실로 들어갔다.

병욱과 나는 그녀가 주차장에서 몰고 나온 차를 탔다. 차 안에서 진한 향수 냄새가 풍겨왔다. 이제 막 여의도를 벗어나 올림픽도로에 진입할 때쯤 병욱이 잠에 들었다. 그도 술을 많이 마신 모양이었다. 나는 그러면 그럴수록 더욱 정신을 바짝 차렸다. 잠자는 척 하는 것일 수도 있었기 때문이다. 이럴 때 그녀가 우리 사이의 과거 얘기를 해버리면 큰일 나는 거였다.

아니나 다를까. 아차!

"저 기억 안나요? 나는 한눈에 알아봤는데……."

"아니요……. 기억 안 나는데."

나는 병욱의 얼굴을 계속 뚫어져라 보고 있었다. 정말 자고 있기를 바랐다.

"화장을 안 해서 그러나……."

이주연은 거울로 자기 얼굴을 보며 한손으로 뺨을 매만졌다. 나는 어떻게 해야 할지 몰라 얼굴만 붉어졌다.

"알 텐데 모른 척 하는 거죠? 그럴 필요 없는데……."

나는 끝까지 병욱을 확인하고 또 확인했다. 일단 급해서 시인부터 해버렸다.

"저기……. 일단 이 친구 내려주고……."

이주연은 큰 소리로 웃었다. 깔깔깔깔깔……. 웃음소리가 옆에서 달리는 차 안에서도 들릴 것 같았다.

병욱이 마침 그 소리에 깨고 말았다.

"아 졸려라. 미안해요. 여기 어디죠?"

"거의 다 왔어요."

한 10여분을 초스피드로 달렸다. 마치 필요 없는 사람을 빨리 차에서 치우려는 듯 그녀는 흥분한 모습으로 차를 몰았다.

그녀의 눈은 빛나고 있었다. 뒷자리에서 병욱과 함께 앉아 있는 나에게 계속 거울로 눈이 마주칠 때마다 눈웃음을 지어보였다. 나는 눈썹을 브이자로 만들고 눈을 찡그리며 외면했다.

올림픽도로를 벗어나 천호동의 한 골목길에 들어왔다. 병욱이 알려주는 대로 한 아파트에 도착했다.

"고맙습니다. 제가 현식이에게 연락할게요."

병욱이 차에서 내렸다. 뒷 유리창으로 터벅터벅 걷는 게 보였다. 차에 두 사람만 남게 되니 불안했다. 낮은 언덕길을 내려와 어둑한 모퉁이를 돌았다.

"앞으로 옮겨 타지 그래."

"아니, 그냥 뒤에……."

그녀는 다시 깔깔거리고 웃었다. 서서히 열이 받기 시작했다. 그런데 갑자기 표정이 확 변했다. 큰 길에 들어서니 속도를 높이기 시작했다. 다시 올림픽도로에 진입했다.

"어디 가는 거야. 을지로라니까."

그녀는 내 말을 무시하고 차를 미사리로 몰았다. 시간은 어느새 12시를 넘어섰다. 깔깔깔깔깔……

거울을 통해 본 그녀의 눈은 거의 불타기 일보 직전이었다. 얼굴 전체에 광기가 흘러 넘쳤다. 미친 것 같았다. 시속 150이 넘는 질주였다. 나는 등을 의자에 바짝 붙이고 겁에 질려 아무 소리도 내지 못했다.

마침내 미사리 한 카페 앞에 끼익 하는 타이어 소리를 내며 도착했다. 당시 회원들과 자주 왔던 카페였다.

"내려."

그녀가 문을 열고 먼저 나갔다. 주위를 돌아보니 늘어선 카페에 손님들이 몇 명 보였다. 사람이 전혀 없는 적막한 거리였다면 이런 용기조차 내지 못했을 것이다. 그녀가 한 눈을 팔고 있는 사이 반대쪽 문을 열고 차에서 내려 도망쳤다. 그냥 그래야 할 것 같았다. 흥분해 있는 여자와 대화를 할 수 있는 상황이 아니었다. 일단 무조건 피하는 게 상책이었다.

'차로 쫓아오려면 쫓아오라지.'

길가에 늘어서 있는 카페 건물들 사이를 이리저리 휘젓고 다니며 최대한 멀리 달아났다. 그녀가 화난 듯 뭐라고 지껄이며 쫓아오는 소리가 들렸다. 공포 그 자체였다.

마침 한 창고 같은 건물 옆에 자물쇠로 잠그지 않은 자전
거가 보였다. 무조건 훔쳐 타고 달렸다. 그녀와 거리가 점점
멀어져갔다. 나는 그녀가 더 이상 보이지 않게 되자 살짝 방
향을 틀었다. 서울 쪽으로 가면 금방 차로 쫓아올 거라는 생
각이 들었다. 양수리 방향으로 돌렸다. 그러다 어딘가에 숨어
서 기다리면 그녀는 나를 찾지 못하고 서울로 돌아갈 거라고
예상했다.

　보기 좋게 빗나갔다. 그녀는 어디서 얻었는지 나처럼 자전
거를 구해 양수리로 가는 내 뒤를 쫓아 왔다. 깔깔거리는 소
리가 내 고막을 찢어버릴 것처럼 크게 들려왔다. 나는 기독교
신자가 아닌데도 저절로 입에서 하나님 소리가 튀어 나왔다.
눈을 꼭 감고 무조건 외쳤다.

　"하나님! 하느님! 예수님!"

　그때 그녀와 만났던 기억 조각들이 떠오르는 순서대로 마
구 뒤엉켜 눈앞에 펼쳐졌다. 그것이 좋았던 기억이었는지 잊
고 싶은 기억이었는지는 전혀 생각나지 않았고 중요하지도 않
았다. 페달을 어떻게 밟는지도 모를 정도로 몸에는 아무런
느낌도 나지 않았고 정신도 혼미해졌다. 시간, 공간 개념이 모
두 사라져버린 느낌이었다. 이 세상과 격리된 듯했다.

내 자전거가 하늘로 올라가고 있다는 걸 느끼게 됐다. 눈을 떠보니 정말 한강이 내려다보이는 곳 상공을 날고 있었다. 믿기지 않았다.

소용없었다. 그녀는 벌써 내 바로 뒤까지 쫓아와서는 내 어깨를 확 잡아챘다.

"아아악~"

그녀는 자기가 타던 자전거를 버리고 내 자전거로 점프를 해 옮겨 탔다. 등골이 오싹했다. 그냥 이대로 죽어버리는 것 같았다. 그녀는 나를 밀쳐내고 자전거 앞으로 가서 직접 조종했다. 나는 뒤로 밀려났다. 그냥 뛰어내릴까 생각했지만 밑으로 떨어지고 있는 자전거를 보니 엄두가 나지 않았다. 그냥 눈을 꽉 감고 자전거와 그녀의 옷자락을 붙잡고 있을 수밖에 없었다.

"깔깔깔깔깔……. 도망가? 깔깔깔깔깔."

이 여잔 귀신이다. 귀신이 분명했다. 저항은 소용없었다.

"내가 홍천이 고향이라고 말했었지? 응? 그런데 여행을 가면서 홍천에 가서 내 생각도 안했었단 말이야? 응?"

그건 정말 몰랐는데 이제 그걸 따지는 건 무의미했다. 자포자기가 되었다. 이 귀신의 괴웃음 소리는 정말 소름끼쳤다.

깜깜한 한밤중이지만 아래를 보니 춘천으로 보이는 도시가 나타났다. 약간의 불빛만 보였다. 저녁을 먹고 가봤던 1번가만 돋보기로 보는 것처럼 확대되어 나타났다. 지나가던 사람들이 모두 나를 쳐다봤다.

곧 양구에 도착했다. 물론 정상적이라면 이 시간에 불빛이 보일 리 없었다. 그런데 약 100미터 상공으로 낮게 깔려 날다 보니 대충 여기가 어디쯤인지는 알 수 있었다. 마침 한 군부대에서 근무 중이던 군인들이 나와 우리에게 총을 쏘았다. 비상 사이렌 소리도 들렸다. 화기소대 대원들이 뛰어나와 기관총과 박격포를 쏘아댔다. 자전거 옆으로 화염을 품은 총탄이 마구 스쳐 날아갔다.

"야! 뭐하는 거야?"

"깔깔깔깔깔……. 기억이 안 난다고? 응? 기억이 안나? 깔깔깔깔깔."

간신히 양구를 벗어나 한계령을 지나갔다. 스치기만 해도 몸이 산산조각날 것 같은 위험한 봉우리들 옆을 부딪칠 듯 비켜날았다. 그러자 저 멀리 달빛에 반사되는 동해안이 보였다. 다시 낮게 날아 강릉으로 향했다. 파도가 심하게 몰아치는 바다 위에 도착했다. 발이 거의 물에 닿을 정도였다. 옆에서 입과 귀가 없는 한 어린아이가 레저용 차를 몰고 나를 향해 날아와 내 옷을 툭 치고 지나갔다. 머리카락이 곤두섰다. 정동진역 위를 느리게 지나가니 검표원이 재빠르게 나와 험상궂은 얼굴을 하며 나를 향해 소리쳤다.

"이봐요, 허락 없인 촬영 안 됩니다. 안된다고요!"

민박집 아주머니도 나타났다.

"뭐? 짜다고. 감히 누가 만든 음식을…… 짜다고?"

내 눈 앞에 나타나는 사람들은 하나같이 나를 비난하려는 눈빛으로 이글거렸다.

정선 위를 날았다. 민둥산 정상에서 만난 여대생들이 나타났다.

"우리한테 관심 있으세요? 호호호……. 거울 좀 보세요."

뭐라는 건가 이 여자들은……. 평창의 한 찐빵 가게가 나타났다.

"먹어……. 먹어……. 호호호호호……. 금방 죽여줄게."

어느새 원주 상공에 도착했다. 노천카페에서 본 학생들이 보였다.

"저 아저씨 봐. 변태 아냐? 우리 다리를 훔쳐보는 저 느끼한 눈 좀 보라구."

나는 정신을 차릴 수가 없었다. 이건 생지옥이었다. 몸이
모두 얼어붙어 유리처럼 깨져나갈 것 같았다. 이젠 어느 곳
위를 날고 있는 지도 알 수 없었다. 지구 상공이 아닐 수도
있었다. 계속 웃으며 자전거를 몰던 이주연이 뒤를 돌아보며
말했다.

"너는 날 버렸어. 미리 치밀하게 계획을 세웠던 거야. 내가
돈이 없는 여자라는 사실을 알았지. 그래서 모임을 빨리 없
애기 위해 사람들을 이용했어. 내가 남자들을 홀리며 사는
싸구려 여자라고 회원들 사이에 소문을 냈지. 그래……, 그랬
던 거야. 난 미처 몰랐어. 니가 그렇게 나올 줄은. 그렇게 화
내는 척하며 떠날 줄은…… 깔깔깔깔깔……"

"아냐! 아냐!"

"죄책감이 좀 들어? 응?"

"죄책감 없어. 난 그런 적 없어."

"없다고? 죄책감이 없다고? 응? 깔깔깔깔깔……"

나는 고개를 숙이고 귀를 막았다. 더 이상 어떤 소리도 듣
고 싶지 않았다. 몸이 좌우로 심하게 흔들리는 게 느껴졌지
만 결코 고개를 들지 않았다.

그때 어둠이 걷히고 날이 서서히 밝아왔다. 해가 나오니 어

느 순간 이주연의 깔깔거리는 소리는 멈추었다. 나는 날이 앞이 환해지자 고개를 들었다. 태양이 보였다. 그녀가 무표정한 얼굴로 뒤돌아봤다. 섬뜩한 그녀의 눈빛을 마주치지 않으려고 했지만 어쩔 수 없이 눈을 보고 말았다. 그런데 여태까지와는 다른 한없이 선한 눈빛을 하고 있었다. 눈을 뗄 수가 없었다. 그녀는 자전거에서 손을 놨다. 그러자 바로 밑으로 떨어졌다. 나는 흔들리는 자전거를 급히 잡았지만 그녀는 계속 아래로 떨어졌다. 그리고 곧 구름 속으로 사라졌다.

정말 사라진 것일까? 안심이 되지 않았다. 나에게 지옥 체험을 안겨준 이주연이지만 막상 알 수 없는 표정을 마지막으로 시야에서 사라지니 기분이 묘했다. 그런 가운데에서도 자전거가 너무 높이 올라와 있다는 생각이 순간 감정을 방해했다. 어두웠을 때는 아무것도 보이지 않으니 견딜 수 있었지만 날이 밝아진 지금은 도저히 아래를 내려다볼 수 없을 정도였다. 다행히 자전거는 저절로 점점 밑으로 내려갔다. 흔들리지 않았고 매우 부드럽게 움직였다.

잠시 후 천천히 하강하던 자전거는 새벽녘 행인 없는 을지로의 내 작업실이 있는 오피스텔 앞에 착륙했다. 땅에 내려와서도 나는 몇 분 동안 자전거를 꼭 붙들고 있었다. 그러다 간신히 기운을 내 자전거에서 내렸지만 현기증이 나서 몇 걸음 걷기도 전에 비틀거리며 바닥에 쓰러졌다. 다시 한 건물의 조경수인 소나무를 붙잡고 일어섰지만 이번엔 강렬한 태양빛에 몸을 가눌 수가 없게 되었다. 나에게 점점 가까이 다가오는 태양의 그 강렬한 빛 때문에 눈을 뜰 수도 없었다. 현기증은 사라지지 않았고 결국 그 자리에 도로 쓰러져 정신을 잃었다.

나는 눈을 떴다. 내 방이었다. 등에서 난 식은땀이 셔츠에 잔뜩 묻어 척척해져 있었다. 문득 시계를 보니 월요일 아침 9시였다.

믿을 수 없는 악몽이었다. 너무나 생생했다. 장면 하나하나가 지워지지 않았다. 침대에서 일어날 수 없었다. 등을 어디라도 대고 있지 않으면 당장 누군가가 등 뒤에서 내 어깨를 툭 잡을 것만 같았다. 안정이 될 때까지 계속 그렇게 누워있었다. 그때 의자에 놓았던 핸드폰 진동이 울렸다. 확인해보니 그 드라큘라 형님이었다.

"네, 형……"

거의 죽어가는 목소리로 전화를 받았다.

"지금 일어난 거야? 어디야? 아직 여행 중인가?"

"아니에요. 어젯밤에 서울에 왔어요……. 아니, 언제 왔는지 모르겠어요. 아니, 아니……. 아직 어딘지 모르겠어요. 강원도 인지 어딘지……."

"무슨 소리야……. 아무튼 시나리오 다시 읽어봤는데 말이 야. 강천이 미영과 딸에게 상처를 주었다는 죄책감에서 벗어 나려는 몸부림 말이야. 그걸 좀 더 강조하는 게 좋을 것 같 다. 그리고 마지막 순간에 미영이 그를 용서하는 거지. 물론 과거 그날 이후 아빠 곁에 있기조차 끔찍해 해고 한 번도 아 빠라 부르지 않았던 딸 소연이도 말이야."

강천은 스르르 눈을 뜬다. 그곳이 어디인지 파악하기 전에 먼저 희미하게 자신을 걱정스런 눈빛으로 내려다보고 있는 사람들의 모습을 본다. 아내 미영과 딸 소연이, 그리고 혼이 그들이다. 의사와 간호사가 분주히 움직이고 있고 입구는 경 찰이 지키고 서 있는 걸 보고 이곳이 병원인지를 알게 된 강 천은 또렷하게 아내와 딸의 모습을 알아 볼 수 있게 되자 반 가운 마음에 몸을 움직이려 하지만 고통이 느껴져 움직일 수 없다.

"어…… 떻게……."

"말 하지 말고 그대로 쉬어요."

미영이 말한다.

"내 잘못이에요……. 이렇게 된 거."

강천은 미영을 애처로운 눈빛으로 바라본다. 그녀의 사랑스런 표정은 오랜만에 보는 것이었다.

"그동안 괴로웠던 일 모두 잊어요……. 이젠 당신의 세상이에요."

강천이 무슨 말을 하려다가 차마 하지 못하고 있는데, 엄마한테 붙어 있던 소연이가 다가와 강천의 손을 잡아준다.

"아빠……."

그런 소연이를 보던 강천은 눈물이 흘러나오는 걸 참을 수 없자 다른 손으로 자신의 눈을 가리고 고개를 돌린다. 미영과 소연이가 강천의 품에 안긴다.

이를 지켜보던 혼이 흐뭇한 미소를 지으며 병실을 나선다. 모처럼 화창한 가을 날씨다. 바람을 타고 낙엽이 춤을 춘다. 옷깃을 여미고 가방을 엑스자로 고쳐 맨 혼은 강천과의 인연에서 시작된 그동안의 일들을 하나씩 떠올리며 버스를 기다리고 있다.

"제목을 당신의 세상으로 바꾸자. 지금까지는 자신도 어떻게 할 수 없는 늪에서 살아온 인생이었지. 아무리 해결사 생활에서 은퇴한 이후라고 해도 말이야. 그러나 이젠 온전히 자신의 의지로 살 수 있는 세상이 된 거야. 어때?"

"당신의 세상……. 네 좋네요. 그럼 저 피곤해서……. 이따가 전화할게요."

이번에도 황급히 끊고 핸드폰을 의자에 던져 놨다. 정이 떨어지는 행동이란 걸 안다. 나중에 사과하든지 하고 당장은 아직도 내가 현실에 있는지 아니면 아직 꿈속에서 헤매고 있는지 모를 이 묘한 기분을 떨쳐내야 했다.

간신히 침대에서 일어났다. 텔레비전을 시끄럽게 틀어 놨다. 그래야만 안심이 될 것 같았다. 물 두 컵을 들이켠 뒤 현관에서 신문을 가져오고 소파에 앉았다. 뉴스를 보니 정말 월요일 9시가 조금 지나있었다. 죽었다 깨어난 것도, 냉동인간이 되었다가 미래에 깨어난 것도 아니었다. 담배 한 개를 꺼내 불을 붙이려다가 말았다. 담배를 모두 반 토막을 내고 통째로 쓰레기통에 버렸다.

한 손에 담배를 든 채 한 손으로는 핸들을 잡고 미사리를 향해 운전하고 있던 몇 년 전 내 모습이 갑자기 떠올랐기 때문이다. 당시 옆자리엔 늘 이주연이 앉아 있었다.

화장실에 들어가 거울을 봤다. 피부가 많이 까칠해져 있었다. 며칠째 생고생을 하고 악몽도 꾸었으니 그럴 법도 했다. 그동안 깎지 못해 지저분하게 자란 수염을 면도기로 깨끗하게 없앴다. 그리고는 얼굴 전체를 뽀드득 소리가 날 때까지 비누로 문지르고 또 문질렀다.

그나저나 시나리오는 어떻게 한담. 새로운 시각도, 기분 전환도 되지 못한 짧은 여행은 후유증만 남겼는데……. 그래도 하나 얻은 게 있다면…….

"당신의 세상이라……."

어느 미래학자의 죽음

재빛 하늘이 낮게 깔려 그윽한 가을 분위기를 내고 있는 날이다. 며칠 전까지 한 차례 활발한 비바람이 몰아치고 지나간 후라 공기가 맑고 쾌청했다. 나는 이런 날씨를 좋아한다. 하늘엔 태양이 어디쯤 떠 있는지 알 수 없을 정도로 짙은 구름으로 가득하지만 공기 중에 떠다니는 미세먼지 농도가 낮아 시정거리가 길어지는 날씨 말이다. 원래 인간이 세상을 혼탁하게 만들기 전의 지구의 모습이 바로 오늘과 같았을 것이다.

하지만 사람들은 대게 구름 한 점 없이 파란하늘과 태양빛을 쬘 수 있는 맑은 날을 좋아한다. 이렇게 금방이라도 빗물을 퍼부을 것 같은 날에는 아무리 깨끗하고 생활하기에 편해도 좋은 날씨라는 말은 잘 하지 않는다. 구름 낀 날은 단지 구름이 끼었을 뿐인데 흐리다, 우울하다, 우중충하다 같은 표현을 쓰는 것만 봐도 알 수 있다.

나는 저마다 우산을 하나씩 옆구리에 끼고 있는 사람들 사이에 섞여서 걸었다. 늦지 않으려면 서둘러야 했다. 은행나무 잎사귀가 조용한 바람에 펄럭이며 떨어질 때마다 신비로운 자연의 기운이 느껴지는 거리, 인터뷰는 그가 즐겨 찾는다는 중심가 모퉁이의 한 고풍스런 카페에서 할 예정이다. 주변에 다양한 디자인의 간판으로 이루어진 가게들이 모여 있어서 보는 재미가 풍부한 거리에 있는 카페였다.

그곳에 도착한 때는 예정된 시간보다 10분 전 즈음이었다. 그가 매우 깐깐한 사람이라고 들었기 때문에 지각을 한다든지 준비를 제대로 하지 않는다든지 해서 첫인상부터 밉보이면 인터뷰 내내 꼬일 수 있다는 걸 경험적으로 잘 알고 있었기 때문에 평소와는 달리 일찍 나와 기다리는 걸 택했다.

창밖으로 보이는 거리의 정취에 젖어 있을 무렵, 한 깔끔한 정장 차림의 신사가 내가 있는 쪽으로 걸어오는 게 보였다. 그는 우리 회사 로고가 새겨진 가방을 메고 있는 나를 보자 마자 먼저 알아보고 다가와 인사를 했다.

"안녕하세요. 제가 강영국입니다. 잘 부탁드립니다."

"반갑습니다. 김정훈입니다."

예상과는 다른 옷차림이었다. 특별히 기자에게 잘 보이려는 사람이 아닌 이상 후줄근한 잠바나 편한 캐주얼을 입고 오는 경우가 보통이기 때문이다.

우린 차를 시켜 마시면서 몇 분 동안 최근 날씨와 서울의 발전한 모습들을 주제로 가볍게 대화를 나눴다. 그는 오랜 미국 생활에도 불구하고 말투에 남도지방 사투리가 약간 섞여 있었다. 시종일관 엷은 미소를 지으며 얘기하는 그의 태도에서 여유가 느껴졌다.

"그럼 먼저 간단하게 30년 후 경험하게 될 인간의 삶을 요약해주시죠."

"네, 꼭 30년이라는 정해진 기간을 두지 않고 전체적으로 설명해보겠습니다. 일단 일반인도 충분히 예상 가능한 미래 사회의 가장 큰 변화는 의학의 발달로 인간의 수명의 늘어난다는 점입니다. 모든 인류의 변화는 여기에서부터 출발합니다. 대체적으로 2040년경이면 우리나라의 경우 평균수명이 100세에 이를 것으로 예상되고 있습니다. 생명공학이 비약적으로 발전하면서 그동안 치료가 어려웠거나 기간이 길어 고통을 수반했던 각종 질병으로부터 인간은 해방될 것입니다. 유전자조작 식품의 활성화로 영양은 높고 양은 적은 식생활이 보편화될 것이고 음식 종류에 따라서는 각 가정에서 필요한 만큼 유전자를 조작해 생산하는 방식도 실현될 것입니다.

삶은 좀 더 편리하고 안전해질 것입니다. 우리는 하루의 대부분을 가상현실을 제공하는 컴퓨터와 접속해 언어의 어려움 없이 세계인과 교류하고 실제와 같이 체험하며 그 속에서 필요한 정보를 습득하는 교육도 받게 될 것입니다. 치안은 사고의 사전예방 중심으로 시스템화 될 것입니다.

사회, 경제적으로는 복합적으로 사고할 줄 알며, 좀 더 인간적이며, 어느 때보다도 창의성이 중요한 시대가 될 것입니다. 단순노동은 로봇이 담당하고 인간은 고차원적이고 다양한 정신노동에 매진하게 될 테니 현재와 같은 대기업 중심의 경제구조는 사라지고 수많은 창의적 소규모 기업이 나타나게 될 것입니다. 또한 사이버 재택근무와 사이버 무상교육이 전

세계적인 거대한 흐름으로 형성될 것입니다. 부가 공평하게 분배되고 부패와 반칙이 사라지면서 사람들은 사회봉사와 공헌에 대한 자긍심으로 살아가게 됩니다.

정치적으로는 범세계적 통합국가가 탄생하게 됩니다. 아마 한시적으로 대륙별 지도자가 순환하며 통합국가의 지도자를 맡는 형식이 될 것입니다. 이렇게 되면 각 지역이 고유한 문화를 유지, 보전하면서 서로 견제와 균형을 갖춘 권력구조가 가능해집니다. 그러나 근본적으로 국가의 기능은 국방과 치안, 복지 분야를 제외하고는 약화되고 개인이 정치의 핵심으로 등장하면서 대부분의 중요한 사안에 대한 결정을 주도하게 될 것입니다. 한 명의 뛰어난 리더에 의해서가 아니라 각 개인의 생각과 판단이 결집되면서 거대한 방향을 형성하게 될 것입니다. 이런 형태의 직접 민주주의는 현시대에서도 이미 부분적으로 시작되었다고 할 수 있습니다. 보다 완전하게 되면 더 이상 국민의 여론을 반영하지 못하는 정치인이나 정당이라는 집단은 필요가 없게 되겠죠.

과학, 기술적으로 살펴보면 수소와 태양광을 이용한 공해 없는 자동차, 자가용 항공기와 지하와 지상에서 운행하는 시속 600km 이상의 자기부상열차 등 첨단 운송수단이 일반화될 것이고, 슈퍼 지능을 가진 컴퓨터가 국가의 중요한 사무를 에러 없이 집행하게 될 것입니다. 이 정도가 되겠죠."

"듣기만 해도 가슴 벅찬 밝은 미래네요. 분야별로 나눠 상세히 얘기해보도록 하죠. 먼저 우리의 라이프스타일이 구체적으로 어떻게 변하게 될 지가 독자들이 제일 관심 있어 할 것 같습니다."

"네, 서울 외곽 주택가에 거주하는 한 가족을 가정해보죠. 일단, 미래에는 결혼을 꼭 한 사람과만 해서 평생 하나의 가정만을 이루고 사는 형태의 가족 제도는 해체될 것이고, 고령화 사회와 저 출산 시대는 지금과는 매우 다른 모습의 가족을 만들게 될 텐데요. 우선 이 이야기를 뒤로 미루기로 하고 현재와 같은 평범한 가족이 있다고 생각해봅시다.

남편은 기본적으로 기업을 운영하는 사용인이면서 필요에 의해 고용인이 되기도 하는 등 다양한 직업에 종사하고 있습니다. 대학원 수준인 사이버 무료교육을 통해 누구나 언제든지 필요한 지식과 기술을 습득할 수 있고 전 세계에 연결된 구인구직 정보 시스템이 활성화되어 있기 때문에 자신의 성향과 전문성에 맞는 직장을 쉽게 찾을 수 있게 됩니다. 개인이 여러 분야에서 전문적인 직업을 갖는 일은 그 시대에는 보편적인 현상으로 자리 잡게 될 것입니다.

남편은 오늘 서울에서 자신이 기획하고 있는 출판물 문제로 일본인과 화상회의를 하고 곧바로 인천에 세워질 초고층 복합 건물의 안전성에 우려를 표명하는 시위에 참석하기 위해 인천에 갈 계획입니다. 주말이 되면 동료들과 스포츠를 즐기거나 가족과 함께 문화생활을 즐기거나 혹은 봉사 활동을 하게 됩니다.

부인은 오전에 가상현실 시스템을 통해 해외여행을 즐기거나 쇼핑을 하여 필요한 음식을 주문하고, 오후에는 제주도에 사는 딸의 남자친구를 직접 만나보기 위해 얼마 전 구입한 수소자동차로 서해안고속도로와 해저터널을 통과해 1시간 만에 가서 같이 저녁까지 마치고 돌아오게 됩니다. 아직 해가 지지 않았군요. 밖에서 돌아오면 현관에서 자동 클리닉 시스템이 작동해 옷과 피부의 불순물들을 제거해줍니다.

잠시 후, 유치원에 다니는 아들이 로봇의 보호를 받으며 집에 돌아옵니다. 로봇은 휴식을 취하는 아이의 몸 상태를 체크해 그에 맞는 음료와 간식거리를 가지고 옵니다. 아이는 여느 때와 다름없이 거실 한쪽 벽면 전체를 차지하고 있는 텔레비전을 켭니다. 그러면 3차원 입체화면의 영상으로 뉴스나 스포츠, 영화, 드라마, 애니메이션, 게임 등 프로그램을 볼 수 있게 됩니다.

부엌에서는 가사도우미 로봇이 부인을 도와 저녁을 준비하고 있습니다. 정원에서 재배한 무공해 채소를 따온 로봇은 지난주에 새로 업데이트 받은 요리를 만들어보기로 하고 부인에게 제안을 합니다. 부인의 승인이 떨어지자 신이 난 로봇의 손놀림이 빨라지는군요.

마침 남편에게 전화가 걸려왔습니다. 3차원 영상전화를 통해 본 남편의 모습 뒤로 하얀 눈이 보입니다. 오후 일을 마치고 업무 차 호주에 간 것이지요. 저녁식사 전까지 오겠다고 하고 끊었습니다. 아이는 어느새 가상현실 시스템에 접속해 게임을 즐기고 있군요.

이때 옆집에 사는 아이의 할아버지가 아이와 놀아주기 위해 잠시 들렀습니다. 나이 80에 세 번째 아내와 이혼한 뒤 혼자가 된 할아버지는 오늘 새로운 애인과 데이트를 하고 돌아오는 중입니다. 시인이자 야구해설가인 할아버지는 내일 애인과 함께 야구장을 찾을 생각에 입가에서 미소가 사라지지 않고 있습니다. 며칠 전에 나노로봇 치료로 암세포를 제거하는 수술을 받고 전반적인 건강 체크를 마친 상태라 기분이 더욱 좋으신 상태죠. 이렇게 두 자녀를 둔 부부는 평화롭고 안전한 삶을 영위하게 됩니다."

"일반적인 중산층 가정의 모습이라고 보면 될까요?"

"네, 30년 후 어느 곳에서나 쉽게 만날 수 있는 평범한 가정을 그린 것입니다. 60년 정도 후가 되면 인류가 그토록 꿈에 그리던 개인 간 경제적 평등이 거의 실현단계에 와 있을 것입니다. 한정된 자원을 확보하기 위한 국가 간 경쟁이 사라지고 무한한 에너지를 바탕으로 하는 대 협력의 시대가 될 것이구요. 아프리카를 비롯한 후발 국가들에겐 대대적인 무상원조가 실시됩니다. 선진국에서 개발된 모든 기술은 늦게 출발한 아프리카나 문명의 해택을 받지 못했다고 여겨졌던 지구촌 오지까지 즉각 전해질 것이고 무상으로 누구나 이용 가능하게 될 것입니다.

한국에선 계층 간, 지역 간 차이가 거의 사라지게 됩니다. 기본적으로 정치권력이 시민 개개인으로 옮겨가면서 특정 세력에 의한 의도적 여론몰이나 조장 등이 감소하게 되고 성공을 위한 인맥, 학력 관리 등이 무용지물이 되는 시대가 됩니다. 오로지 개인의 실력과 노력, 끈기, 통찰력 등이 부를 결정하게 되죠. 그렇다고 경쟁에서 밀린 패배자들이 나락으로 떨어지는 사회가 된다는 뜻은 아닙니다. 후에 구체적으로 다시 말씀드리겠지만 인류 역사상 그 어느 때보다도 사회적 약자를 위한 시스템이 잘 구현되는 시대가 도래할 것입니다."

"남편의 시위가 흥미롭습니다. 그 시대에도 시위문화는 존재할까요?"

"물론입니다. 아무리 성숙되고 합리적인 시민사회가 와도 모든 사람이 같은 생각을 하며 살 수는 없습니다. 어느 곳에서건 의견의 충돌이 생기기 마련이고 이를 무조건 다수결로만 해결해버리는 무책임한 사회가 아니라면 그 과정에서 여러 형태의 갈등을 피할 수는 없게 됩니다.

하지만, 중요한 점은 모든 갈등은 대화로서 해결된다는 것이죠. 어떤 법안이 실시되거나 혹은 실시되지 않을 경우 일어날 일들을 컴퓨터의 도움을 받아 즉각 모의실험을 해볼 수 있기 때문에 합리적인 의견 수렴의 절차를 거쳐 결론에 이르게 되지만, 결과가 불명확할 경우, 예측할 수 없는 경우에는 필히 찬성자와 반대자 간의 시위가 일어나겠죠. 그 역시 조정은 지도자의 몫이 됩니다.

3명의 예지자가 미래에 일어날 범죄를 미리 예언하여 범죄의 사전예방 시스템에 활용한다는 〈마이너리티 리포트〉 같은 영화도 있었습니다만, 비슷한 역할로서 각 지역에서 지혜가 있고 통찰력이 있어서 매번 옳은 결정을 해왔다고 인정되는 수십 명의 전문가 집단이 지도자로 선출되어 공신력 있는 매체를 통해 지속적으로 찬반 토론을 하고 그때의 결과가 정책에 반영되는 식의 체제를 생각해볼 수도 있습니다.

어떤 방법이 되었든 분명한 것은 다수 타인의 권리를 박탈하면서 특정 소수 세력에게만 이익이 돌아가는 정책, 그래서 저항을 불러올 수밖에 없는 정책은 애초부터 성립할 수가 없다는 점이죠. 책임과 권한이 분명한 시스템과 합리적 의사 결정 구조 때문에 말입니다."

"먹고사는 문제가 여전히 관심사입니다. 미래의 경제 시스템은 어떻게 되고, 특별히 주목받게 될 산업, 직업군 등은 어떤 것이 있을까요?"

"일단 개인의 능력이 무한 확장된다는 점을 다시 상기해야 합니다. 모든 것은 여기에서 출발합니다. 그때의 개인은 이미 젊은 나이에 현재 각 분야 전문가들 10명을 합쳐놓은 것보다 더 많은 지식을 알고 있게 됩니다. 전 세계적으로 시행될 사이버 무상교육으로 누구나 대학원 수준의 고등교육을 받을 수 있습니다. 시간과 장소에 구애받지 않고 필요한 분야에서 원하는 만큼만 지식을 습득하며 사회에 나가게 되는 거죠. 누구는 1년 만에 전공분야 전 과정을 다 마스터하고 졸업장을 받을 수도 있고 누구는 10년 간 공부를 해도 다 못할 수 있지만 그건 작은 차이에 불과합니다. 개인 간 학습력의 차이는 큰 문제가 되지 않습니다. 지식에 대한 갈구는 예나 지금이나 미래에나 변함이 없습니다. 인간은 영원히 세상을 알고 싶은 욕구를 가지고 있는 존재이니까요.

각 분야에서 지식을 통달한 개인들이 단지 생계를 위하여 단순노무직에 근무할 이유가 없습니다. 개인들은 이 지식을 가지고 지금까지 인류사에서 볼 수 없었던 창조적인 일들을 계속 창출해 나갈 것이고요. 이들의 힘에 의해 지구촌의 발전은 더욱 가속화될 것입니다. 그때 산업의 동향은 아무래도 개인의 삶을 얼마나 풍요롭게 해주느냐, 얼마큼 더 현명하고 지혜로운 삶을 살 수 있게 해주느냐, 어떤 일이 더 미래적인 일이냐 하는 점에서 산업의 성패가 판가름이 날 것입니다. 사상가, 학자, 시인, 작가, 예술가, 발명가, 스포츠맨,

연예인 같은 직업이 대중의 마음을 사로잡지 않을까 생각되네요."

"의사나 법조인은 어떻습니까. 우리 시대에는 가장 신분상승하기 좋은 직업으로 인기가 있습니다만."

"미래 시대에는 가정용 의료로봇이 활성화됩니다. 그래서 만약, 어떤 사람이 게으르거나 말을 듣지 않고 생활하다가 심각한 유행병에 걸렸을 경우 로봇은 즉각 그 사람의 몸을 체크해 먹어야할 것과 먹어서는 안 될 것, 해야 할 행동과 하지 말아야할 행동 등을 모두 파악해 적절한 진단과 처방을 해주게 됩니다. 유전자 조작 건강식품을 통해 대부분의 일시적인 유행병은 치료가 될 테지만 조금 더 심각한 것이라면 직접 몸속에 들어가 치료하는 나노로봇의 도움을 받게 됩니다. 의사는 필요가 없는 거죠. 이미 지금의 의사들보다 더 지식이 많은 로봇과 치료법이 확실한 약품들이 구비되어 있게 될 테니까요.

변호사나 판·검사도 마찬가지입니다. 아마 법률관계에 종사하는 사람들은 모두 법조문과 판례를 꿰고 있는 로봇으로 대체될 거예요. 재판 역시 컴퓨터 시스템에 의해서 진행될 겁니다. 그런 직업들은 한 물 가는 거죠."

"사이버 무상교육으로 사교육 문제는 해결되겠군요."

"사교육은 남들보다 좋은 대학을 나와서 성공 인생에 유리한 지점에 서겠다는 욕망의 산물이지, 지식에 대한 갈구로부터 나온 것이 아니잖아요. 이건 30년 미래가 아니라 당장 몇 년 만 지나도 그때 왜 그랬나 싶을 정도로 빠르게 사라질 겁니다."

"여성의 역할은 어떻게 변화할까요? 육아문제라든지, 사회적 진출의 문제라든지요."

"네, 그 질문에 대한 대답에 앞서서 인간의 신체에 대해서도 같이 말해볼게요. 영화 〈월-이〉를 보면 미래의 지구인들이 엄청난 비만인들로 그려지는데 실제 그럴 가능성은 아주 낮다고 봅니다. 우리는 생존에 유리한 형질을 자손에 전하는 진화를 거듭해 왔습니다. 어떤 것이 생존에 유리한 것인지의 판단은 뇌로 하는 것이 아니라 몸이 스스로 느끼는 것입니다.

예를 들면 머리카락이 빠져 고민하는 분들이 많지요. 유전적 영향이 크지만 환경이나 스트레스 때문이기도 하죠. 그러나 제가 보는 관점에서는 머리카락이 빠지는 현상은 우리가 몸으로 느끼는 생존전략의 일종일 수 있습니다. 진화라는 거죠. 중요한 것은 탈모현상이 고대에도 있었지만 미용과 이미지를 중시하는 현대인들처럼 그렇게 고민스런 부분은 아니었다는 것입니다. 무슨 말이냐 하면 현대인의 간절함과 해결하려는 의지는 어떤 경로로든 유전자에게 영향을 주게 되고 우리의 몸은 결국 머리털이 빠지는 것이 생존에 유리하지 않다는 결론을 내리게 될 것입니다. 머리카락이 빠지는 쪽으로의 진화가 멈춰질 가능성이 있다는 것이죠.

다이어트도 마찬가지입니다. 미래사회에는 시스템화 되어 있는 식단 관리로 영양성분을 조절하는 게 일반화될 것인데다가, 음식물을 과다 섭취했을 경우 지방으로 전환하는 유전자를 차단함으로써 비만이 되는 길을 막는 기술이 보편화될 것으로 예상할 수 있지만, 굳이 그것에 의존하지 않더라도 비만인 체형을 벗어나고픈 인간의 의지와 욕망은 틀림없이 신체의 변화에 영향을 주게 될 것입니다.

현대 한국인 아이들 체형이 급격하게 서구화되고 있다는 것은 아시죠? 불과 50년 전과만 비교하더라도 한국인의 체형이 얼마나 빠르게 변화하고 있는지를 알 수 있습니다. 단발적이고 단순한 외부적 표현이 아닌 마음속 깊은 곳으로부터 우러나오는 간절한 소망은 우리 몸 각 세포를 변화시키게 됩니다. 꿈은 결국 이루어집니다.

여성의 역할에 대해서 물으셨는데, 현재도 이미 어느 정도는 미래에 여성이 어떤 삶을 살게 될지를 보여주고 있다고 봅니다. 당장 결혼을 미루고 아이 낳기를 꺼려하며 남자 못지않은 사회적 성공 욕구가 있고 정치적 발언권을 확보해가고 있죠. 양성평등의 시대로 확실히 가고 있습니다. 좋은 유전자만을 골라 체외수정으로 아이를 얻게 되고 육아를 담당하는 로봇이 등장하게 되면 여성은 신체의 핸디캡을 극복하고 남성과 같은 양의 사회활동에 매진할 수 있게 됩니다. 근본적으로 남녀 사이에 업무를 구별할 이유가 없어지는 사회가 될 것입니다.

다만, 여성은 아기자기한 것을 좋아하고 감성적인 특유의 여성성을 버리지는 않을 것입니다. 그래서 대체로 집안일을 좋아하고 가사를 꾸려나가는, 전통적인 여성의 역할이라고 할 수 있는 것들을 외면하지는 않을 것입니다. 처음 예를 들 때에도 부인은 가사도우미로봇과 함께 가족을 위해 저녁을 준비하는 것으로 말씀드렸죠."

"고령화 사회 문제는 지금도 발등에 떨어진 불입니다. 한국의 경우 2030년이면 인구의 1/4 정도를 65세 이상, 흔히 말하는 노인 인구가 차지할 것으로 예측되고 있는데요. 일하는 인구가 그만큼 줄어들고 사회의 역동성이 떨어지게 되는 이런 문제들에 대해서 어떤 대비를 미리 해야 될까요?"

"다른 미래학자들과 견해가 다른 부분을 몇 개 말해볼게요. 먼저 고령화 사회나 인구 폭발, 식량 문제, 에너지, 환경 문제 같은 것은 저는 낙관적으로 봅니다. 미래의 65세는 지금의 40대에 불과한 신체적 정신적 능력을 가진 사람들일 겁니다. 한참 활기 있게 일을 해야 될 시기이구요. 적어도 대부분의 사람들이 80세는 넘어야 은퇴를 하고 개인적인 삶을 살게 될 거예요. 게다가 오히려 삶의 지혜를 나눠주고 통찰력을 전수해주는 노인 인구가 많은 것은 그 사회의 건강성을 위해서도 훨씬 좋은 일이라고 보고요.

식량 문제도 미래의 세계 인구를 다 먹여 살리지 못할 만큼 부족사태로 가지는 않을 겁니다. 안전하고 영양 높은 유전자조작 식품이 충분하고 넘칠 만큼 공급될 것이기 때문입니다. 자연에서 얻는 고효율 청정에너지도 인류의 삶을 더 풍요롭게 해줄 것입니다. 생태계 파괴를 불러오는 환경 문제, 지구 온난화현상 등 현대인들에게 걱정거리가 되고 있는 이런 문제들도 해답은 나와 있습니다. 보전하고 가꾸는 것이죠. 이는 실천의 문제일 뿐입니다.

또 하나, 종교 문제가 있는데. 교회를 예로 들면, 저는 기독교인은 아닙니다만 사람들이 한 공간에 모여 노래를 부르고 설교자에게서 삶의 바른 태도를 터득하며, 기도를 통해 각자의 고통을 마음속으로부터 해방시키고, 안도감과 평안을 얻는 이 모든 행위는, 기도를 하여 실제 신의 응답을 받든 그렇지 않든 간에 각자의 삶에서 매우 중요한 것이고 기본적으로 좋은 것입니다. 오히려 시민 의식 수준이 높아지면 이적설화 위주의 묵시론적 종교, 가짜 사이비종교가 설자리를 잃게 되고 지혜담론적 성격의 순수한 모임으로 질적 변화가 일어나게 될 것입니다. 그리고 그런 모임은 더욱 활성화될 것이고요.

학자들마다 의견이 분분하지만 그동안 인류의 역사에서처럼 천재적인 한 명의 과학자나 정치가가 세상을 바꾸는 일은 미래엔 더 이상 일어나기 힘들어집니다. 각자 개인의 능력이 극대화되는 시기로 갈 것이기 때문입니다. 다른 사람이 전혀 이해하지 못하는 신기술을 창안하고 상상해낸 어떤 사람이 사회적으로 고립되어 꿈을 이루지 못하고 사라지는 일은 더는 없을 겁니다. 그런 아이디어는 즉각 네트워크상에 공유되어 수많은 사람들에 의해 변형, 발전하고 더욱 가치 있는 것으로 재탄생하는 절차가 반복되어 일어나게 됩니다. 함께 세상을 바꾸어 나가는 것이죠."

"그런데 전체적으로 지나치게 이상적이고 낙관적인 인류를 예상하고 있다는 느낌을 받습니다. 인간이란 3명이 모이면 그 중에 거짓말쟁이가 꼭 한 명 이상 있고 다섯이 모이면 꼭 한 명 이상의 배신자가 있으며, 10명이 모이면 교묘한 말로 사람을 속이는 사기꾼이, 100명이 모이면 한 명 이상의 살인자가 꼭 끼어있기 마련이라고 저는 생각하는데, 그렇게 단기간에 쉽게 인간 종자의 근원적 심성이 변할 수 있을까요?"

그는 재미있다는 듯 내 얼굴을 빤히 쳐다보면서 말을 이어 나갔다.

"네, 결국 교육의 문제라고 봅니다. 요즘도 인성교육을 말하고는 있지만 잘 실천이 안 되고 있지요. 미래에는 필연적으로 인성을 바탕으로 하는 교육으로 갈 수밖에 없습니다. 그게 바로 사회에서 개인의 경쟁력이 될 것이기 때문입니다. 예를 든 그런 사람들은 근본적으로 설자리가 없는 시대로 가게 될 겁니다."

"그것도 일종의 획일적 교육이 되진 않을까요? 왜 우리나라 사람들 그렇잖습니까? 뭐 하나가 잘 된다 싶으면 천편일률적으로 다 그 모델을 추종하는 거요."

"작용과 반작용이 있을 겁니다. 획일적 교육이 지나치다 싶으면 그것에 반대하는 모델이 떠오르게 될 것이구요. 또 너무 혼란스럽다 싶으면 중심을 잡아주는 하나의 모델이 인기를 끌 게 되겠죠. 중요한 건 시민들의 자율적인 의견이 즉각 반영되는 교육 형태가 될 거라는 것이죠."

"복지 모델에 대해서 인류는 아직 정답을 찾지 못한 것 같습니다."

"매우 어려운 문제입니다. 요즘 북유럽의 복지국가 시스템의 변화와 미국 새 정부의 복지 분야 개혁정책에 주목하고 있습니다. 미래사회의 복지에 대한 단초를 거기에서 찾을 수 있게 되기를 희망합니다. 우리의 경우도 성장 동력을 잃지 않으면서 복지 저변을 확대할 수 있는 방안을 자체적으로 연구해 작은 규모의 도시에서부터 점진적으로 시험해볼만 하다고 생각합니다. 또 신생아가 태어나면 국가에서 매달 일정 금액을 적립시켜두었다가 아이가 성인이 되는 해에 그동안 적립된 금액에 복리이자를 포함 일시불로 지급하면서 사회활동에 필요한 종자돈을 마련해주고 후에 매년 일정액씩 국가에 갚아나가는 제도 등이 각 국가에서 활발하게 진행 중인 것으로 알고 있는데, 바로 이런 아이디어가 필요하다고 봅니다. 우리는 매년 50만 되는 신생아가 태어난다고 가정했을 때 월 10만원씩이면 6천억 원이, 20만원씩이면 연 1조2천억 원 정도 예산이 소요될 뿐이거든요."

"정부의 기능 축소를 예상하셨는데."

"국방과 치안, 복지 분야의 정부 기능은 유지되거나 강화될 수 있습니다. 특히 안전한 사회로 가기 위해 치안 문제는 아주 중요하죠. 주로 컴퓨터와 로봇의 도움을 많이 받을 텐데요. 그렇게 하기 위해서는 인력과 예산이 집중될 필요가 있습니다."

"미디어가 발달된 사회일수록 개인의 사생활 침해가 날로 심해지고 있습니다. 내가 365일 어디에서 무엇을 하고 있는지 다른 사람이 모두 알게 된다면 좀 끔찍할 것 같습니다."

"새로운 규칙을 마련하게 되겠죠. 그 부분에 대해서는 큰 걱정은 없다고 보는데요. 공인이 되는 대신 사생활에서 손해를 보느냐 사생활을 보호받기 위해 공인이 되는 것을 포기하느냐는 선택의 문제라고 봅니다. 오히려 저는 치안에 더 관심이 있습니다. 치안에 관한한 누구나 예상하는 것처럼 집단의 안전을 위해서 일정부분 개인의 정보가 노출되는 것을 감수해야만 합니다. 하지만 그건 어디까지나 특정 목적을 위해서만 사용하도록 하는 제한된 공개이죠. 미래 사회를 살아가는 인류라면 본인의 의사와는 관계없는 강제성을 띄게 될 법안이라도 합리적으로 합의를 할 수 있을 겁니다."

"세계 3차 대전을 예상하는 일이 한때 유행처럼 번져나가기도 했었습니다. 요즘은 쑥 들어간 상태인데 미래에 가장 걱정되는 부분은 무엇인가요?"

"일단 소설이나 영화에서 자주 등장하는 것처럼 신 전체주의 사회가 올 가능성은 아주 적습니다. 네트워크를 통한 집단 지성 시스템이 발달하면 할수록 그런 구시대적 정치체제는 설 자리가 없게 됩니다. 미래는 남에 의해 조종을 받는 것을 굉장한 수치로 여기는 개인들이 장악하는 사회이죠. 매우 냉철한 언론인들과 학자들, 바른 길을 제시하는 사상가들과 지도자들이 넘쳐나는 열린 시대이기 때문에 어느 특정 독재자에게 현혹되어 인간 존엄성이 파괴되는 방향으로 인류가 움직일 일은 없다고 봅니다.

국가 간 전쟁의 가능성도 희박합니다. 앞서 말했지만 인류는 지구촌 통합의 단계로 갈 것입니다. 이것은 경제적, 사회적으로 불필요한 갈등을 없애자는 측면에 부합하지만 전쟁을 막는 측면에서도 중요한 과정입니다. 미국의 경우 1860년대 남북전쟁 이후 단 한 번도 심각한 규모의 내전을 겪지 않았습니다. 뿔뿔이 흩어져 있던 유럽이 1차, 2차 대전을 겪는 동안 미국 본토는 평화로웠습니다. 우리도 삼국이 통일된 이후 국가의 이름은 바뀌었을지언정 다시 분열로 가는 내전은 6·25가 있기 전까지는 상당기간 일어나지 않았지요. 이건 무엇을 의미합니까? 장차 아시아연합, 유럽연합, 아메리카연합 등이 하나의 깃발과 하나의 체제로 모이게 되고 조금 더 시간이 흘러 지구촌 통합으로 간다면 작은 규모의 국지전은 곳곳에서 발생할지라도 대규모 핵전쟁으로 인한 3차 대전의 파국으로 가는 것은 피한다고 보는 거죠.

그럼 이번엔 슈퍼지능의 오류와 로봇에 의한 반란을 생각해보겠습니다. 최악의 경우를 생각하면 정말 암울해지지만 이것 역시 저는 현실성이 없다고 봅니다. 오류 정정 시스템이 겹겹으로 존재하게 될 것이기 때문입니다. 컴퓨터는 오히려 인간보다 덜 위험합니다. 정신적 혼란을 겪고 있는 의사가 수술실에 들어갔다고 생각해보죠. 당장 환자의 생명은 안전을 담보 받을 수 없습니다. 이성을 잃고 흥분한 판사의 경우는 어떤가요. 나쁜 마음을 먹고 있는 식품 판매업자나 윤리의식이 희박한 공무원들을 보세요. 이들은 실수로 인한 것이든 고의적이든 여러 방법을 통해 인간의 약한 마음을 공략하여 자신의 욕구를 충족시키게 됩니다. 이들을 법이 사전 예방적으로 제지해야 할 테지만 현대인들 중 법이 법대로 작동되고 있다고 믿는 사람은 거의 없는 실정이죠.

반면 컴퓨터는 어떤가요? 만약 어떤 슈퍼지능 컴퓨터가 스스로 인간 위에 군림하는 지구의 주인이 되기로 자체 결론을 내리고 인간을 공격하기로 결정했다면 당장 무오류에서 벗어나지 않으려는 수많은 지역 컴퓨터들과 싸움을 해야 할 겁니다. 또 그 컴퓨터를 감시하는 또 다른 컴퓨터의 저항에도 직면해야 합니다. 다시 말해서 거미줄처럼 얽혀 있는 감시망의 저항을 받지 않고 반란을 성공하기 위해서는 지구에 존재하는 전체 컴퓨터 시스템이 동시에 인간을 공격하기로 결정을 하고 동시에 명령을 내려야 한다는 것입니다. 불가능하죠."

강영국 박사는 잠시 말을 멈추더니 무언가를 곰곰이 생각하다가 가까운 곳에 앉아 있던 비서를 불렀다. 그리고 귓속

말로 뭔가를 지시했다. 시계를 보며 말하는 걸 보니 회의 준비에 지장이 없도록 해달라는 부탁을 하는 것 같았다. 자세한 건 묻지 않았다. 비서는 곧바로 일어나 밖으로 나갔다.

"미안합니다. 계속하죠. 음~ 제가 생각하는 미래의 위험요소는 그런 것들이 아니라 바로 인류가 역사상 초유의 단계를 살아가게 될 것이라는 점입니다. 지금까지 없었던 새로운 시대가 열립니다. 게다가 속도도 무척 빠릅니다. 하늘로 가는 계단을 하나하나 만들며 가파르게 위로 올라가는 것입니다. 그런 시대에는 사람에 따라서 불안감과 저항심이 생겨날 수 있습니다. 밝은 미래가 열린다는 확고한 의지와 믿음이 없다면 시대의 도도한 흐름에 역행하거나 낙오하거나 무의미한 인생을 살게 될 수도 있습니다. 불행하다고 생각하고 좌절하는 개인이 늘어날 때 사회가 적절한 제도로서 그들을 포용하지 못한다면 그 파장은 예측하기 힘든 방향으로 흐르게 될 것입니다. 정신이상으로 고통 받거나 자살하는 사람은 지금보다 월등하게 많아질 수도 있습니다. 그렇기 때문에 미래에는 어느 때보다도 더욱 철저한 복지 시스템을 준비해야 하며 종교 지도자, 사상가, 시인, 예술가들의 정신적 활동이 중요해지는 것입니다."

"이런 건 어떨까요? 한 테러리스트가 인류 운명에 치명적일 수 있는 기술을 손에 넣었을 때."

"뭐 불가능이란 없으니 어떻게 하여 유출되었다 하더라도 그 테러리스트는 자신이 얻은 게 무엇인지 살펴보기도 전에 체포될 것입니다. 지구촌은 마치 하나의 투명한 방처럼 모든 곳이 공개되어서 지하가 됐건 동굴이 됐건 숨을 곳도 없을 뿐더러, 정부에 등록된 어떤 기술이 유출되었을 경우 즉각 그 문건 혹은 물품의 위치가 파악되고 그곳으로부터 반경 10 미터 이내의 공간이 컴퓨터의 통제 하에 들어가게 됩니다. 그럼 그 테러리스트의 신원파악은 물론 행동 하나하나가 모두 컴퓨터에 기록되고 그곳으로 치안로봇이 투입되어 진압을 시도하게 되겠지요."

"무서운 느낌도 드는데요. 거리에 침을 뱉거나 쓰레기를 버려도 즉각 달려온 로봇에게 체포당할 수도 있는 건가요?"

"일부 영화에서 그렇게 삭막한 미래 사회를 표현하는데요. 전혀 그럴 일은 없다고 생각하시면 됩니다. 미래인은 아주 보편적이고 견고한 상식의 소유자들로 구성됩니다. 침을 뱉거나 쓰레기를 버리면 청소로봇이 와서 즉각 치우는 것이 그 사람을 잡아 벌주는 것보다 더 보기 좋겠지요. 교통 신호 위

반 같은 거나 다른 어떤 문제도 마찬가지입니다. 상식을 크게 흔드는 짓을 미래인들은 하지 않을 겁니다. 단, 개인이 스스로 목숨을 끊는 자살 행위는 미래의 발달된 의식과 제도에도 불구하고 줄어들지는 않을 겁니다."

"자~ 그럼 마지막으로 다시 희망찬 미래로 돌아와야겠습니다. 2100년이면 앞으로 90년 정도 남았습니다. 요즘 태어나는 아기들이라면 그때의 지구 모습을 보게 되겠지요. 어떨까요?"

"생각만 해도 아주 짜릿하군요. 하늘엔 온통 개인용 비행선들로 가득할 테고, 땅엔 미래형 주택에서 뛰노는 아이들과 동물들, 푸른 숲이 울창하게 우거진 멋진 모습일 테고요. 도심 거리는 다양한 형태의 인간형 로봇, 어쩌면 인간이라고 불러도 손색이 없을 만큼 심장과 뇌를 가진 로봇들이 평화롭게 각자의 일터에서 활약하게 될 테고, 지하 공간, 지상 공간을 완벽하게 장악한 인간들은 수천 킬로미터 상공까지 다양한 형태의 건축물을 지어놓았을 텐데, 아마 달에서 보면 지구 둘레에 각종 역할을 하는 첨단 위성들이 빼곡하게 채워진 채 회전하는 모습을 볼 수 있을 겁니다. 마치 토성의 고리처럼요.

그리고 시간이 더 흐르면 인류는 우주로 나아가겠죠. 언젠가는 태양계 행성 전체에 식민지를 개척하여 생명이 살 수 있는 곳으로 개척해낼 것이고, 놀랍도록 발전한 과학기술로 질량 제로에 가까운 우주선을 만들어 은하계 탐험에도 들어가게 될 것입니다.

사랑하는 연인끼리 호숫가 벤치에 앉아 시를 읊고 노래를 부르며 이야기를 나누는 낭만적인 모습도 남아 있을 겁니다.

미래학은 미래를 단순히 예언하는 학문이 아니라 보고 싶은 미래들을 설계하고 만들어가는 학문입니다. 꿈은 이루어진다는 믿음, 그것보다 더 중요한 것은 없지요."

"말씀하신 그런 미래가 오길 희망해봅니다. 오늘 장시간 인터뷰 감사드립니다."

"네, 감사합니다. 잘 된 건가요? 인터뷰 양이 나왔는지 모르겠네요."

"네, 충분합니다. 수고하셨습니다."

"혹시라도 부족한 게 있다면 제가 요 근처인 뉴스카이호텔이라는 곳에 머물고 있으니 연락주세요."

"알겠습니다. 감사합니다."

인터뷰를 마치고 우린 간단히 인사를 나눈 뒤 헤어졌다. 그는 먼저 비서와 함께 자리를 떴고 나는 카페에서 나와 잠시 거리를 배회하다 지하철을 탔다. 그리고 열차 안에서 인터뷰 때 녹음한 내용을 계속 반복해서 들어봤다.

사회 지도층 인사들이나 정치인, 기업인들 같은 권력자들의 각종 비리나 기만적인 이중적 태도 등은 둘째 치고 평범한 일상을 살아가는 소시민들의 아주 사소한 삶에서라도 희망을 찾을 수 있다면 최소한 기본은 지켜지는 사회라고 할수 있다.

그러나 실상 우리 주변엔 여전히 담배를 피우며 걷거나, 계단, 복도, 화장실 등에서 금연 표시를 무시한 채 뻔뻔하게 담배를 피우는 사람들, 오토바이를 타고 아이들이 걸어 다니는 인도를 질주하는 사람들, 좁은 길을 꽉 막고 뒤에 사람이 오든 말든 천천히 걷는 사람들, 끝이 뾰족한 우산을 손에 들고 앞뒤로 흔들며 계단을 오르는 사람들, 곡예 운전을 하는 사람들 등 남에게 명백하게 피해를 주면서도 아무 생각 없이 사는 사람들이 아직 많은데 과연 이들 각 개인이 주도하게 될 미래가 그렇게 장밋빛일 수 있을까 하는 의문을 떨쳐버릴 수가 없었다.

누구나 보고 싶은 것만 보고 듣고 싶은 것만 듣기 때문에 어렵고 싫은 것은 외면하고 감추면서 밝은 미래만을 꿈꾸는 것은 아닐까?

집에 도착하자마자 팩스를 확인하고 간단히 씻은 후 꼬리를 쉴 새 없이 흔들며 같이 놀아달라고 애교를 부리는 통통이와 30분 정도 시간을 보냈다. 인간과 함께 하는 순간을 이토록 좋아하는 애완동물들은 어쩌면 신이 무료한 일상을 살아가게 될 인간에게 내려준 선물이 아닐까 하는 생각이 불현듯 들었다.

커피를 마시며 자료를 정리하다 우연히 텔레비전을 켰는데, 놀랍게도 방금 전 호텔에서 세계적으로 유명한 학자인 강영국 박사가 자살을 했다는 뉴스가 보도되고 있었다. 나와 인터뷰를 마친지 불과 몇 시간밖에 지나지 않은 시점이었다.

나는 충격을 받아 한동안 온 몸이 뻣뻣해져 움직일 수가 없었다. 나와 그렇게 밝고 긍정적인 미래의 비전을 이야기해 놓고 자살이라니 믿겨지지 않았다. 무언가 잘못됐다는 생각이 들었다. 어떤 음모가 있는 것은 아닐까 의심이 되었다. 이대로 가만히 있을 수 없었다.

급히 외출복을 주섬주섬 챙겨 입고 밖으로 나왔다. 어느

새 날은 어둑어둑해져 있었다. 택시를 타고 호텔로 향하는 도중 아는 동료 기자들에게 전화를 걸어 사건이 어떻게 된 것인지 물었지만 내용을 자세히 아는 사람은 없었다. 일단 호텔에 가서 직접 눈으로 보고 확인하지 않는 한 진상을 알 길은 없었다.

몇 분 후 그가 묵었다는 호텔 로비에 도착했다. 인터뷰를 했던 장소에서 멀지 않은 곳이었다.

그러나 호텔에 경찰이나 기자들의 모습은 보이지 않았다. 특별한 움직임이 없었다. 호텔 관계자들을 찾아가 물었지만 금시초문이라는 답만 들었다. 강 박사는 외출을 한 뒤 아직 돌아오지 않았다고만 했다.

'그래……, 뭔가 감추려는 게 있기는 하나 보군.'

당장 방송국에 전화를 걸어 내 소개를 하고 해당 뉴스를 담당했던 피디와 통화를 했다. 그는 젊은 사람이었다.

"네, 말씀하세요."

"몇 분 전에 강영국 박사 자살 소식을 귀사의 뉴스로 보았습니다. 그래서 확인 전화 드립니다."

"자살 소식요? 오늘 그런 뉴스는 내보낸 적이 없습니다. 방금 강 무슨 박사라고 하셨나요?"

"강영국 박사입니다. 여기 뉴스카이호텔에 묵고 있는……."

"음…… 잘못 보신 것 같습니다. 오늘 뉴스 목록에 자살 사건은 없습니다."

"그러지 마시고 사실을 알려주세요. 몇 시간에 그분과 만나서 인터뷰를 했기 때문에 무슨 일인지 꼭 좀 알아야 되겠습니다."

"음…… 글쎄요…… 생방으로 전국에 나간 내용이라면 저희가 어떻게 거짓말을 하겠습니까? 한번 확인해보시고 다시 연락주시겠습니까?"

그는 일방적으로 전화를 끊었다. 나는 뭐가 어떻게 된 일인지 도무지 알 수가 없었다. 다시 한번 호텔 로비를 둘러보며 확인한 뒤 집에 돌아올 수밖에 없었다.

오는 길에 택시에서 기사에게 물어보았지만 그도 오늘 라디오에서 그런 뉴스는 들어본 적이 없다고 했다. 식당이나 매점에 들러 물어봐도 아는 사람이 없었다.

강영국 박사는 휴대폰 전화를 받지도 않았다. 만약 자살하지 않고 살아 있다면 왜 연락이 되지 않는 것인지 혼란스러웠다.

집에 도착했을 때 나는 다시 놀라지 않을 수 없었다. 강영국 박사가 현관문 앞에 서서 나를 맞이하고 있는 게 아닌가.

"미안합니다. 놀라셨죠?"

"아니, 어떻게 된 일이죠?"

"잠깐 재미있는 실험을 해봤습니다. 이것도 인터뷰에서 제가 말하고자 한 내용의 일부라고 생각해주시고 이해 바랍니다."

일단 나는 뛰는 가슴을 겨우 진정시키고 집으로 그를 안내했다. 퉁퉁이가 뛰어나와 짖어댔지만 곧 강 박사에게도 애교를 부리기 시작했다.

우리는 소파에 앉아 차분하게 다시 대화를 시작했다. 나는 허탈해서 내내 불안정한 자세였지만 강 박사는 미안한 표정을 하고 있으면서도 한편으론 매우 진지한 모습이었다.

"만약 기자님이 지금 이 순간 어떤 행동을 한다고 합시다. 아무도 그렇게 하라고 시키지 않았습니다. 그러면 그건 과연 자신의 순수한 자유 의지에 의한 행동일까요? 그렇지 않습니다. 기자님의 지금 행동에는 오래 전 입력된 정보에서부터 바로 직전에 보고 느낀 정보들이 총합되어 복잡한 연산식에 의해 도출된 결론에 의한 행동입니다. 누적돼 있던 정보들로부터 지금 이 순간 기자님의 행동이 이루어지는 것이죠. 그때 중요한 것은 입력되는 정보들이 과연 순수하냐는 것입니다. 무슨 말이냐면 정말 기자님이 알고 싶어 했고 심사숙고해서 얻은 정보냐는 것이죠. 혹시 기자님이 어떤 방향의 결론을 내리도록 유도하는 정보들이 당신 주변에 가득하다고 가정할 때, 그 정보를 퍼뜨린 자는 기자님의 행동을 충분히 예측할 수 있지 않을까요? 무의식적으로 기자님은 그 유도되는 정보들의 명령에 충실한 삶을 살게 된다는 것입니다.

아까 인류의 미래에 가장 걱정되는 게 무엇인지를 물으셨죠? 개인의 합리적인 의사결정이 꽃피우는 이상적 사회를 말씀드렸지만 우려되는 점을 좀 강조해 보이기 위해 이런 실험을 해본 것입니다."

그의 말은 처음부터 너무 장황했다.

"대체 무슨 실험이었죠?"

"비서를 시켜서 김 기자님 저택에 텔레비전에 전파를 가로채 거짓 뉴스를 내보냈습니다. 강영국 박사의 국제학술대회 소식과 최근 호텔 앞에서 일어난 모 대학교수 자살 소식을 연속해서 내보내도록 했죠. 이미 두 번이나 미래사회에도 자살은 늘어날 것이라는 점을 강조해서 말씀드렸고 그 호텔이 인터뷰한 곳에서 가깝다는 걸 기자님은 제가 말한 정보에 의해 알고 있었기 때문에 무리하게 두 사건을 연결시켜 자신이 원했던 의심을 현실화시키는 스토리를 만들게 되었죠. 저는 기자님이 인간 본성에 대한 불신이 있다는 걸 깨닫고 제가 자살한 것으로 순간적인 착각을 유도하는 일이 가능하다고 생각했습니다."

"그렇지만 어떻게 그렇게 명백히 다른 뉴스를 보고 제가 착각을 할 수 있나요. 아직도 믿기지 않습니다. 제가 뉴스를 정말 잘못 본 건가요?"

강 박사는 말없이 조용히 있다가 갑자기 웃음을 터뜨렸다.

"하하하…… 기자님 눈치 채셨나요? 어떤 수법을 어떻게 효과적으로 사용하느냐에 따라서 이런 일이 얼마나 위험해지는지 아시겠습니까? 보통 사람들은 제가 방금 전처럼 대답을 드리면 그것을 또 진실로 받아들이죠. 자기가 똑똑히 두 눈으로 본 것조차도 믿지 못하고 그저 연관된 두 뉴스를 보고 착각을 한 것으로 정말 생각해버리는 거죠. 사실을 말씀드리면 확실하게 제가 죽었다는 거짓 뉴스를 내보냈습니다. 김 기자님은 착각을 한 것이 아니라 정확히 보고 들으신 것이고 순리에 따라 행동하셨습니다."

"뭐가 뭔지 모르겠네요. 그럼 제가 두 번 속은 건가요?"

"아, 이건 정말 죄송합니다. 다시 사과를 드리죠."

"아닙니다. 그저 허탈할 뿐입니다."

"인간은 자신들이 아주 똑똑하다고 여기고 있습니다. 모든 걸 자신의 의지로 컨트롤할 수 있다고 생각들 하죠. 하지만 생각보다 인간은 무력한 존재입니다.

예를 들어 오늘 당장 누군가가 어떤 주식을 샀다고 해보죠. 그 사람은 나름대로 그 기업에 대해서 잘 알아보고 차트 등 기술적 분석과 함께 신중히 생각해서 산 것이라고 스스로는 생각하겠지만 미안하게도 오늘 그 주식을 산 사람들 사이에는 일정한 공통점이 있기 마련입니다. 바로 그 주식을 지금 사면 오랜 기간이 거리지 않아 이익을 볼 수 있다는 어떤 정보를 극히 최근에 여러 경로로 입력받았다는 사실이죠. 평소에 관심이 없었던 어떤 정치인을 사람들이 지지하기로 마음먹게 되는 계기에도 알게 모르게 입력을 받은 여러 정보들의 영향이 자리하게 되는 것입니다.

사람이 한번 생긴 습관은 쉽게 버릴 수 없듯이 오래 꾸준한 작업에 의해 세뇌된 사람은 그 함정에서 빠져나오기 힘듭니다. 아무리 머리가 좋고 훌륭한 직업과 지속적인 인성 교육을 받은 사람이라도 마찬가지입니다. 미래 사회에 개인의 지적 능력은 극대화 되겠지만, 고도의 계획적인 권력에 의해 조종되는 개인이라면 그 능력은 없느니만 못한 것이 되죠.

기자님처럼 끝까지 의심하고 비판해야 합니다. 어떤 철학을 내 신념으로 받아들이겠다면 적어도 비판적으로 10년은 지켜봐야 합니다. 그렇지 않으면 인간은 주체적으로 바로 설 수 없는 존재에 머물고 맙니다. 누군가의 이익을 위해 수동적으로 살아가는, 그야말로 암울한 삶이 되는 것이죠.

아까 미처 다 말씀드리지 못한 부분, 그렇게 조종 받고 살면서도 이를 의식하지 못하고 자신이 행복하다고 느끼며 사는 인간들이 세상의 주류가 되어 있는 것, 이런 현재의 모습이 미래에도 변하지 않고 그대로 존재하는 게 제가 생각할 때 가장 우려되는 미래의 모습입니다."

몇 분 후 그는 돌아갔다. 나는 정신을 잃은 사람처럼 초점 없는 눈을 하고는 소파에 앉으며 흘러내리는 땀을 닦아 내렸다. 무척 더웠다. 퉁퉁이가 자기 집에 들어가 잠에 빠져 있어서 집 안엔 아무 소리도 나지 않았다. 그 적막감이 싫어 거실 창문을 활짝 열고 밖을 내다봤다. 한밤중이라 움직이는 건 아무것도 없었지만 보름달이 보였다. 그렇게 밝고 큰 달은 오랜만에 보는 것 같았다.

마침 도로에 차 한 대가 아주 천천히 지나갔다. 무심결에
보니 강 박사가 타고 있는 것 같았다. 나는 정신이 번쩍 들
어 그 차를 유심히 살펴봤다. 마치 자신을 지켜보라고 말하
고 있는 것처럼 천천히 주행하던 그 차는 도로를 따라 점점
속도를 내다가 소리도 없이 조금씩 하늘로 솟아오르기 시작
했다. 가까운 데서부터 먼 하늘까지 날아다니던 그 차는 창
밖 바로 앞 공중을 지날 때는 움직이는 속도를 늦추곤 했다.
역시 자신이 떠 있는 모습을 보라는 듯한 움직임이었다. 운전
하는 사람이 강 박사라는 확신은 없었다. 운전석 쪽을 자세
히 보려 해도 보이지 않았기 때문이다. 날개도 없이 공중을
비행하던 그 차는 멋진 자태를 뽐내며 어두운 하늘을 천천히
큰 원을 그리며 돌더니 곧 빠른 속도로 내 시야에서 벗어나
어디론가 쏜살같이 사라졌다.

하늘은 나는 자동차. 이상하다는 생각이 들지 않았고 왜
헛것이 보이나 하는 생각도 들지 않았다. 미래의 자동차가 바
로 저렇게 움직이는 것이겠거니 하는 느낌이 먼저 들었다. 아
주 멋진 자동차였다.

눈을 크게 뜨고 맞은편에 보이는 높은 건물의 불빛들에

초점을 맞추었다. 그중에 어떤 것 하나가 갑자기 움직이며 나에게 또 다른 묘기를 보여줄 것 같았기 때문이다. 커피잔을 들고 있는 오른손이 가볍게 떨렸다.

하늘로

　대동호텔은 500실 규모로 비교적 최근에 건축한 것치고는 작은 호텔이다. 높이는 꽤 됐지만 객실 숫자보다는 국제회의장이나 다른 부대시설에 더 신경을 쓴 곳이었다. 우리가 이곳에 머물기로 한 것은 자연미를 살린 호텔의 외형도 좋았지만 무엇보다 평양 시내가 한눈에 내려다보이는 가장 높은 전망대를 갖추고 있다는 점 때문이었다.

　도착 첫날 방을 배정받고 짐을 풀자마자 나는 전망대로 올라갔다. 인민대학습당, 주체사상탑, 5·1경기장 등을 바로 찾아볼 수 있었다. 옛것과 현대적인 것이 잘 조화를 이루고 있다는 느낌이 들었다. 전통적인 것이 아직 많이 살아 있었고 보전하려는 노력을 꾸준히 하는 것 같았다.

안내원이 다가와 오가피차 한 잔을 권했다. 깔끔한 자연의 맛이었다. 도시 경관을 감상하는 중에 나를 알아보는 관광객이 몇 명 있기에 그들과 사진도 찍고 잠시 대화도 나누면서 시간을 보내다 좀 늦게 내려왔다. 호텔 매니저가 내 방 앞에서 기다리고 있었다.

"반갑습니다. 매니저 문학성이라고 합니다."

"아, 네 안녕하세요."

"우리 호텔에 오신다는 소식을 불과 몇 시간 전에 들어서 준비가 좀 소홀했습니다. 계시는 동안 최선을 다해 모시겠습니다. 불편한 점이 있으면 언제든지 저에게 연락 주십시오."

"네, 시장님이 촬영에 흔쾌히 협조해주셔서 매우 기쁘게 생각합니다. 이곳 호텔 분위기도 좋고 왠지 영화 잘 될 것 같습니다."

"아이구, 감사합니다. 저희야 영광이지요. 남쪽에서 최고의 손님이 오셨는데요. 자 그럼……."

매니저는 진심으로 우리를 환영하고 있었다. 마음에서 우러나오는 친절한 그의 모습이 맘에 들었다.

중국 소수민족들에게 한글 보급 사업을 하고 있는 한 학자의 이야기를 다루는 영화를 기획한 건 5년 전 일이다. 무협 영화로 분에 넘치는 관객과 평단의 사랑을 받은 이후 정신이 없던 차에 이젠 개인적인 작품을 좀 해보자는 생각이 들 때였다.

제작자와 의견이 맞지 않아 진행은 순조롭지 않았지만 평양과 서울, 중국을 배경으로 한 로드무비 형식을 고집했던 내 의견이 결국 받아들여졌다. 매번 느끼는 거지만 아무리 기술적 발전이 있었고 제작 환경이 많이 변했다 하더라도 100년 전이나 지금이나 예술가는 늘 더 나은 투자처를 찾아 헤매는 자본과 싸워야 한다.

그러고 보니 제작자가 원했던 영화와 자신이 만들고 싶어했던 영화 사이에서 많은 희생을 요구 당했던 에리히 본 스트로하임 감독의 〈탐욕〉이라는 작품이 만들어진지도 어느덧 100년이 지났다.

식당에 내려가 스텝들과 점심을 먹었다. 내가 좋아하는 감자 요리를 어떻게 알았는지 푸짐하게 준비해두고 있어 인상적이었다. 게다가 그곳 안내원의 소개로 식당 손님들에게 박수를 받았다. 백인 관광객 중에도 나를 알아보는 사람이 몇 명 있었다. 따뜻하게 우리 촬영 팀을 환대해주는 사람들의 시선이 곳곳에서 느껴졌다.

오후엔 중국 스텝들이 도착했다. 그들 중엔 해외에서 이제 막 도착한 사람도 있었다. 우리 영화 제작비의 절반을 투자한 회사의 제작 지원 업무를 위해 합류했다. 그들과 간단히 인사를 나누고 헤어진 뒤 저녁엔 방에서 각 파트 책임자들과 회의를 하려다가 자세한 건 현장에서 해결하도록 미루고 일단 푹 쉬기로 했다.

촬영 첫날, 아침 일찍 차에 카메라를 싣고 달리며 나날이 발전하고 있는 역동적인 평양 시내의 모습을 담았다. 마침 날도 쾌청하고 따뜻한 봄날을 즐기려는 시민들이 평일임에도 많이 나와 있어서 촬영감독인 김 군은 무척 흥분된 표정을 하고 있었다.

"좋은 그림 좀 많이 잡아보자구."

나는 보통 어떤 영화를 만들든 현실을 살아가는 사람들의 생생한 삶을 놓치지 않으려고 노력해 왔다. 사람들의 숨결이 느껴지는 영화여야만 영화 속의 감동이 온전히 관객에게 전달될 수 있다고 믿는 것이다. 그래서 다큐멘터리 형식의 촬영

컷을 영화 곳곳에 삽입하는 걸 즐겨 사용했는데, 이번에도 연출되지 않은 평양 거리의 실제 모습을 담는 건 영화에 있어서 중요한 부분이었다.

오후엔 주택가 변두리의 공터에 천막을 치고 본격적인 촬영에 들어갔다. 언제나 마음이 통하는 촬영과 연출 팀을 제외하고는 모두 평양 현지 스텝을 기용했는데 그런대로 손발이 잘 맞았다. 계획했던 신이 모두 순조롭게 마무리되었다.

구경하러 나온 시민들이 배우들 사진을 찍고 사인을 받느라 정신이 없었다. 주연 배우 민욱 씨는 비록 스타 배우는 아니지만 연기 잘하는 배우로 이미 이곳에서도 소문이 자자한 모양이었다. 인기가 많았다. 뒷정리를 하며 차를 마시고 있는데 민욱 씨가 약간 들뜬 목소리로 말했다.

"감독님 보셨죠? 하하하……."

"아마 내 얼굴은 아는 사람이 거의 없을 거예요."

"섭하시면 배우 하세요. 하하하……."

민욱 씨는 나보다 한살 위였지만 이번에 처음 작업을 같이하는 배우여서 아직 말을 트지 않은 사이였다. 사실 나이는 중요한 게 아니다 예의상으로라도 아주 친해지기 전에는 남자들끼리는 씨로 불러주는 게 서로 좋다고 생각한다.

그날 저녁 연출 팀과 간단히 회의를 한 뒤 방으로 돌아와 휴식을 취했다. 커피잔을 들고 발코니에 나가 야경을 보며 바람의 맛을 느껴봤다. 괜찮은 순간이었다. 평양의 대기 사정은 최근에 많이 좋아졌다고 들었다. 그래서인지 도심과 반대쪽 밤하늘엔 제법 많은 별들이 보였다. 남쪽도 지난 10년 동안 환경에 대해 고집스러울 정도로 집념과 열정이 강한 정부가 들어선 탓에 세계 어느 나라보다도 우수한 대기와 토양, 수질을 보유하게 되었는데, 북도 이런 우리와 보조를 같이 하고 있어서 만족스러웠다.

다음날 대동강 주변과 시장 등지에서 몇 차례 액션이 포함된 촬영을 하고 있던 중에 한 북한 스텝이 부상을 당했다. 급히 응급치료를 한 뒤 병원에 보내고는 촬영을 강행했지만 신경이 쓰여 그 이후의 모든 컷이 영 마음에 들지 않았다.

"내일부터 두 명을 추가로 배정하겠습니다."

"아뇨, 그러실 필요 없습니다. 인원은 충분한 걸요."

"우리 교육원 졸업생 중에 감독님 작품에 꼭 참여해보고자 하는 인원이 줄을 섰습니다. 좋은 경험이 될 것으로 봅니다. 한수 가르쳐 주십시오."

"아, 네…… 그러시다면."

북한 측 제작부장의 간곡한 부탁이었다. 그는 여러 편 연출을 한 경험이 있는 중견 감독인데 최근에 제작에만 전념하면서 서울에도 자주 출장을 온 적이 있는 사람이었다. 예전에 그의 작품을 본 적이 있는데 매우 괜찮았던 것으로 기억한다.

다음날 부담스럽게도 눈망울이 초롱초롱한 젊은 영화학도 두 명이 스텝으로 추가된 채 사흘째 촬영이 시작됐다. 몇 개 안 되는 도서관과 박물관 신이었지만, 하루만 허가를 받았기 때문에 최대한 실수를 줄여야 했고 집중력이 필요해 그들에게 신경 쓸 겨를은 없었다. 다행히 담당 직원들이 직접 엑스트라도 되어주고 소품도 챙겨주는 등 적극적으로 영화 작업을 도와줘 예상했던 것보다 훨씬 좋은 장면들을 잡을 수 있었다.

돌아오는 길에 나만 따로 박물관 경영진 한 분의 집에 초대되어 그의 가족과 저녁을 함께 했다. 잘 지어진 2층 주택이었다. 정원도 있고 주차장도 있고 애완견도 있는 상류층 가정이었다. 가자마자 그 집 아이들에게 사인을 해주고 책을 선물로 주었다.

저녁을 끝낸 뒤엔 간단히 차를 마시며 주로 영화 얘기를 나눴다.

"데뷔하신지 한 10년 넘으셨지요?"

"네, 정확히 13년 됐습니다."

"오래되셨군요. 그래도 비교적 일찍 세계적인 감독님이 되신 것 같습니다."

"네, 기존 시스템에서 영화를 해 본적이 없는 사람치고는 요즘 과분한 대접을 받고 있죠."

"김 감독님 영화에는 요즘 친구들이 갖고 있지 못한 강렬한 힘이 있습니다. 뭐랄까……, 말로 표현하기 어려워 마음 한구석에서만 꿈틀거리는 어떤 것을 자유자재로 끄집어내 보여주는 폭발력이랄까."

"네……."

"요즘 영화하는 친구들 보면 이게 오락게임인지 만화인지 영화인지 통 알 수 없는 괴상한 눈요깃거리 하나 터뜨리고 나서 인기와 돈을 얻고 나면 다 어디로들 가는지 그 후론 잠잠해지잖아요. 더 이상 영화로 보여줄 것도 없고 돈은 벌었으니 이제 다른 거 해보자는 건지 뭔지……."

"이곳에도 훌륭한 예술 감독들이 많다고 들었습니다."

"아유~ 말도 마세요. 개방이 된 이후로 여긴 지금 남쪽보다 더 심합니다. 돈벌이에 아주 환장들 했지요. 영화고 방송이고 언론이고 기술은 발달했어도 정신은 사라진지 오랩니다."

늦게 집을 나섰다. 그는 차로 바래다주겠다고 했지만 그곳이 호텔에서 멀지 않았기에 나는 밤거리의 기분을 느끼고 싶어 걷겠다고 했다. 사실은 야간 신에 어울리는 장소를 물색할 생각도 있었다. 시간을 들여 돌아다니다보면 언제나 좋은 장소가 발견되곤 한다. 난 언제나 미리 정해진 것 보다는 그때그때 즉흥적인 작업을 즐긴다.

다음날은 평양 외곽의 한 낮은 산길에서 촬영을 시작했는데 오전부터 바람이 심하게 불어 본의 아니게 휴식을 자주 취했다. 비까지 추적추적 내렸기 때문에 중요한 신은 내일로 미루는 등 몇 가지 힘든 결정을 해야 했다. 촬영 대기상태를 유지한 채 기다리는 시간이 늘어나자 나를 대신해 유리 씨가 조금씩 지쳐가는 스텝들을 다독였다.

주연 여배우인 그녀는 영화계에서도 소문난 영화인 집안 출신이어서 그녀의 기분이 어떠냐에 따라 현장 분위기가 좌지우지되는 경우가 많았다. 아무리 경험이 풍부한 베테랑이라 하더라도 그녀가 어떤 결정을 하고 설득을 하기 시작하면 넘어가지 않을 사람이 없을 만큼 남자 이상의 카리스마를 가진 특별한 배우다.

"자자, 천천히들 하시자구요. 조명감독님 인상 좀 피시구요."

자신이 가지고 왔던 복분자 드링크를 하나씩 건네며 주변에 있던 스텝들을 우선 챙기던 유리 씨는 멀뚱멀뚱 하늘만 보며 쭈그리고 앉아 있던 나와 눈이 마주치자 슬쩍 윙크를 해보였다.

한 시간쯤 흘러 철수해야 할지를 두고 고민하던 와중에 다행히 서광이 비추었다. 촬영이 가능한 날씨가 된 것이다. 무거워진 몸으로 대기하던 스텝들은 당장의 기분보다는 프로정신에 투철했다. 언제 지쳐있었냐는 듯 분주히 움직여준 그들 덕에 다행히 내일로 미룬 신을 제외한 모든 것을 완벽하게 마무리할 수 있었다.

민욱 씨와 유리 씨 등 배우들의 들떠있는 목소리와 어디선가 튀어나오는 농담들이 촬영장에 다시 웃음을 가져다주었다. 그제야 여유를 찾은 나도 호텔로 돌아갈 준비를 하면서 평소에 얘기를 많이 나누던 미술감독을 불러 같이 차를 마셨다.

후배들 중엔 유난히 차를 좋아하는 친구들이 많은데 그들과 같이 다니다보면 차를 느끼는 방식과 취향이 닮아가는 걸 느끼게 된다. 예전에는 커피나 녹차, 홍삼차 같은 자극적인 것을 자주 마셨는데 요즘엔 보리나 결명자를 엷게 타 물처럼 마시는 게 습관이 됐다.

그와 이런저런 촬영 뒷얘기를 나누다가 마침 첫날부터 촬영장 주변을 서성이던 한 아이가 눈에 띄었다. 여자 아이였는데 각종 영화 장비들이 옮겨지는 걸 세심하게 관찰하고 있었다. 미술감독도 그 아이를 본 모양이다.

"저 아이 오늘도 왔네."

"저기 저 꼬마?"

"촬영할 때마다 우리 주변을 왔다 갔다 하더라고. 김 감독도 몇 번 봤지?"

"응."

미술감독의 시선은 곧 다른 곳으로 향했고 금방 흥미를 잃

었지만 나는 호기심이 생겨 차를 서둘러 마신 뒤 의자를 들
고 아이에게 가까이 갔다. 가만히 서 있던 아이는 바로 옆에
의자를 툭 던져놓고 앉은 나를 보더니 흠칫하며 놀랬다.

"영화 좋아하니?"

아이는 아내 살짝 웃으면서 고개를 끄덕인다.

"누구랑 같이 왔어?"

"아뇨, 혼자 왔어요."

"이름이 뭐야?"

"비단이요."

"아~ 비단이……. 집이 이 근처니? 데려다줄까?"

"아뇨. 괜찮아요."

"촬영하는 거 많이 봤어?"

"네."

"보니까 어때?"

"좋아요. 신기해요."

나는 안주머니에서 항상 휴대하고 다니는 소형 카메라 하
나를 꺼냈다.

"사진 같이 찍을까?"

"네."

아이는 내 옆으로 와서 좀 어색하지만 다소곳하게 서서 포즈를 취했다. 나는 아이의 눈높이에 맞게 무릎을 굽혀 앉은 뒤 손을 쭉 뻗어 사진을 찍었다. 그리고 휴대용 출력기로 뽑아 줬다.

사진을 받은 비단이는 촬영장을 배경으로 감독인 나와 같이 사진을 찍었다는 게 그리 좋은지 싱글벙글 밝은 표정이었다. 무척 귀여운 아이였다. 사진 뒷면에 사인을 해주었다.

"감독님!"

조감독이 나를 부른다. 돌아보니 연출팀 차가 출발 준비를 마치고 내가 오기만을 기다리고 있었다. 비단이에게 내 호텔 방 연락처를 적어서 줬다. 비단이는 연락처를 받아들고 아쉬운 표정을 하더니 곧 환하게 웃으며 인사를 하고 어디론가 뛰어갔다.

"누구예요?"

"아는 아이."

의심스런 눈초리를 보내는 조감독의 등을 대차게 한번 두들겨주고는 뒷좌석에 올라앉았다. 창밖으로 멀리 걸어 걸어가고 있는 아이의 뒷모습이 보였다. 촬영장이 평양 시내에서 가깝지 않아 매번 혼자 찾아오기는 힘들다고 본다면 아무래도 아이는 현지 북한 스텝 중 한 사람의 딸일 거라는 생각이 들었다.

"감독님 저녁은 호텔에 가서 드실 거죠?"

"웅, 그래야지."

다른 촬영차들이 먼저 출발한 이후 내가 탄 차는 제일 마지막으로 흙먼지를 일으키며 그곳을 떠났다.

다음날에도 그 아이는 오후가 되자 구경꾼들 사이에 섞여서 촬영장을 지켜보고 있었다. 나와 눈이 마주치기에 손을 흔들어줬더니 빙그레 웃으며 다른 사람 뒤에 숨는 모습이 여간 귀여운 게 아니었다.

촬영이 끝났을 때 나는 비단이를 데려와 주연 배우인 민욱 씨, 유리 씨 등을 소개시켜주고 그들과 대화할 수 있도록 자리를 마련해줬다. 나는 회의에 참석해야 했기에 바로 호텔로 향하는 차를 탔다.

"아우~ 예뻐라. 너 같은 딸 하나 있었으면 좋겠다 애. 꼭 내 어릴 때 모습 보는 것 같애. 그치?"

유리 씨가 오버했다. 민욱 씨가 분장을 정리하며 말한다.

"어릴 때……. 수술 전? 수술 후?"

다음날은 저녁에 시장님 초청 만찬도 있고 해서 하루 휴식을 취했다. 배우와 스텝들이 낮에 시내 관광을 나간 사이 대신 나는 촬영감독인 김 군을 괴롭혀 평양 뒷골목을 한 바퀴 돌아보자고 제안했다. 잘 알려진 곳 말고 후미지고 예스러운 곳을 더 알아보자는 생각에서였다. 요즘은 웬만한 장면은 모두 그래픽으로 처리하는 게 일반화되어 있지만 나는 예전에 영화를 보고 공부하던 시절의 그 방식을 고집했다. 비용은 더 들어가고 몸도 피곤하지만 난 이런 촬영 방식이 진정 영화를 하는 것이라고 믿는다.

중심가에서부터 시작해 좁은 길을 따라 점점 외곽으로 차를 움직였다. 어느 도시나 사람들의 추억이 서린 옛 골목이 정겹고 애틋한 법이다. 그러나 평양도 많이 현대화 되어 그런 곳을 찾기는 쉽지 않았다. 어디를 가나 울타리가 쳐져있고 공사 중이라는 팻말이 붙어 있는 곳이 많았다.

한참을 돌아다니던 중에 낡은 집들이 늘어서 있는 어둑한 골목 모퉁이를 돌아가려는데 우측으로 어디론가 부지런히 걸어가고 있는 비단이가 보였다. 놀랍기도 하고 반갑기도 해 바로 아는 척을 하려다가 좀 멀리 떨어져 있어서 관뒀는데, 아무래도 아이가 자꾸 머릿속을 맴돌아 그냥 지나칠 수가 없었다.

"잠깐! 이 근처에 차 대고 잠깐 걸어서 둘러보자."

촬영감독이 차 댈 곳을 찾는 동안 나는 차에서 내려 비단이의 뒤를 밟았다. 아이는 꼬불꼬불 골목길을 걷다가 어느 초라한 집으로 들어갔다. 자그마한 마당이 있는 전형적인 서민주택이다. 건물 자체도 적어도 지어진 지 50년은 더 되어 보일 정도로 매우 낡았다. 담장에 기대서서 안쪽을 살펴봤다. 인기척이 없다.

잠시 후 비단이가 밖으로 나왔다. 그리고 나를 봤다. 잠시 놀라다 머뭇거리고 있기에 내가 먼저 미소 짓는 얼굴로 말을 걸었다.

"잘 있었어?"

"안녕하세요."

"오늘은 촬영 없는데 알고 있었니?"

"네."

"혹시 우리 영화 스텝 중에 아는 사람 있어?"

"아니요."

"근데 날마다 어떻게 알고 촬영장에 찾아오지?"

"집에 갈 때마다 거기 언니한테 물어봤어요."

"아~ 그렇구나……."

나는 슬쩍 집안에 들어가 툇마루에 앉았다.

"아무도 안 계셔?"

아이는 아무 말도 하지 않았다. 그때 촬영감독이 마당에 나타났다.

"여기서 뭐해요?"

"어, 들어와 일단. 그리고 거기 호박차 좀 줘."

그는 항상 들고 다니는 보온병에 든 호박차를 종이컵에 부어나와 비단이에게 나눠줬다. 내 갑작스런 방문에 이유 같은 걸문지도 않고 호호 불어가며 차를 마시는 데에만 신경 쓰는 비단이의 모습이 무척 사랑스러웠다. 갑자기 호주에 가 있는 딸생각이 났다. 전화를 해보려다 그냥 메시지만 남겼다. 하지만, 몇 분이 지나도 여전히 그 녀석은 묵묵부답이다.

그러는 동안 호박차를 다 마신 비단이는 방에 들어가 청소를 하고 있었다. 방이 2개 정도 있는 것 같았는데 아무도 없었다.

"부모님 어디 가셨니?"

"네……."

"우리 가야돼. 안 들어가도 돼. 잠깐 지나가다가 온 거야. 너 보고."

비단이는 쑥스러운 듯 조용히 밖으로 나왔다.

"내일도 올 거지?"

"네, 어디서 해요?"

"내일은…… 아, 내가 전화로 알려줄게. 내 연락처 알고
있지?"

"네, 그치만……."

"왜?"

"전화기가 없어요."

"아, 그래…… 이봐! 김 군, 여기가 우리 호텔에서 먼가?"

"아뇨, 요 근처인데. 저기 보이잖아요. 호텔……."

촬영감독이 가리키는 곳에 호텔 지붕이 작게 보였다. 멀어
보이진 않았다.

"그럼 내가 내일 촬영장에 갈 때 데리러 올게."

"정말요?"

"그럼……. 그런데 부모님 허락은 받고 오는 거니? 학교는
안가?"

비단이의 표정이 어두워졌다. 대충 감이 왔다. 부모님이 안
계시고 학교에도 다니지 않는 아이인 것 같다.

괜히 더 물어서 우울하게 할 필요가 없었다.

"그래……, 근데 점심 먹었니?"

비단이가 고개를 좌우로 흔들었다.

"잘됐다. 우리도 아직이거든. 같이 가자. 맛있게 해주는 집 아니?"

"네, 알아요."

비단이가 옷을 챙겨 입고 신발을 신으며 방방 뛰었다. 나도 덩달아 기분이 좋아졌다.

우린 근처 냉면집에 갔다. 평양냉면이라면 예전부터 알아주던 전통 음식이다. 쫄깃한 메밀 면발에 독특한 양념을 섞은 육수에서 나오는 맛이 서울에서 먹던 것과는 확실히 달랐다. 이게 바로 원조냐 아니냐의 차이인 것일까? 비단이도 오랜만에 이곳에 온 듯 후루룩 국물을 튀겨가며 잘도 먹어댔다.

점심을 다 먹고 놀이동산에 갔다. 어느 지방 어린이나 어린이는 다 똑같다. 동물 좋아하고 물장난 좋아하고 빙빙 도는 거 좋아하고 풍선 좋아하고 솜사탕 좋아한다. 나도 어렸을 때 그랬다.

촬영감독이 마지못해 따라다니는 동안 나는 비단이가 하자는 것은 다 해줬다. 어릴 때 타본 이후 처음이라 타는 것마다 머리가 핑핑 돌았다. 하지만 비단이는 아주 좋아했다. 덕분에 나도 모처럼 많이 웃으며 하루를 보냈다.

날이 어두워지자 아이를 집에 데려다주고 만찬에 늦지 않기 위해 서둘러 호텔로 돌아왔다. 촬영감독은 하루 종일 자기를 짐꾼처럼 부려먹었다며 불만을 토로했고 나도 오랜만에 놀이기구를 무리해서 타느라 온 몸이 뻐근했지만, 샤워를 하면서도 계속 비단이 생각이 나 절로 미소가 지어졌다.

다음날 촬영 팀을 모두 현장으로 먼저 보내고 나는 약속대로 호텔에서 제공해준 차를 운전해 비단이를 데리러 갔다. 아이는 흰 모자를 쓰고 마루에 걸터앉아 내가 오기만을 기다리고 있었다. 나를 보더니 반갑게 뛰어왔다. 학교에 다니지 않는 게 확실했다. 아이를 차에 태우고 촬영장으로 향했다.

"아직 비단이 나이도 모르고 있었네. 몇 살이니?"

"여덟 살이요."

"그렇구나……."

정말 많은 걸 보고 배울 나이였다. 좋은 가정에서 태어났으면 여러 분야 선생님들에게 집에서 직접 교습을 받고 있었을 때였다.

"아침은 먹었어?"

"네."

"네가 집적 차려 먹는 거야?"

"네, 직접 해먹어요."

슬쩍 던진 질문인데 망설임 없이 대답하는 모습에서 순박한 아이라는 걸 다시 깨달았다.

"쌀이랑 반찬은 어디에서 구해?"

"시장에서 사요."

"돈은 충분히 있어?"

"일해서 벌어야 해요. 아침에 일찍 곡물공장에서 2시간씩 일해요."

어린아이가 공장에서 일을 하다니, 왠지 짠하게 느껴졌다.

촬영장에서 비단이를 내 옆에 앉게 해줬다. 모처럼 아이 앞에서 매우 위엄 있는 목소리를 들려줄 기회였다. 가까이 있는 스텝들은 촬영 내내 비단이의 질문 공세에 시달려야 했다. 예상대로 아이는 궁금한 게 무척 많았다. 주로 카메라의 세세한 부분의 명칭을 묻는 질문이 많았다. 나도 그런 것은 잘 몰랐기 때문에 그냥 가만히 있었다.

다음 날부터는 평양시내에서 좀 떨어진 시골을 돌며 촬영

해야 했다. 이동하는 시간이 길어 비단이는 참가하지 못했다. 첫날엔 웬만하면 오케이 사인을 주고 쉽게 촬영을 풀어갔다.

다음날에도 역시 비단이 없이 일정을 소화했다. 그럭저럭 원하는 화면이 나온 것 같았다. 촬영장에서 서로 협동이 잘 돼 시간을 많이 단축할 수 있었다. 유리 씨는 틈만 나면 이 영화에서 자기의 공이 절반 이상은 된다고 강조했다.

밤늦은 촬영이 끝나서야 평양으로 돌아와 비단이를 만날 수 있었다. 못 본지 이틀밖에 안됐지만 보고 싶어서 내가 저녁에 호텔로 오라고 했었다. 아이는 모처럼 호텔에서 스텝들 전체가 참석한 저녁을 함께 했다. 밥을 먹을 때도 내 옆자리에 앉은 비단이는 이제 조감독보다도 더 나와 가까운 인물이 되었다. 시기까지는 아니었지만 조감독이 이를 살짝 비꽈서 말했다.

"감독님 바쁘실 땐 김비단 양하고 상의해야겠는데요."

다음날 촬영에서는 가끔 비단이를 행인1과 같이 손잡고 걸어가는 아이 등의 엑스트라로 기용하기도 했다. 비단이는 주연 배우들보다도 더 긴장했지만 촬영을 무사히 마치면 무척 뿌듯해했고 한편으론 쑥스러워 하기도 했다.

촬영에 지장이 가지 않는 선에서 스텝들이나 배우들과 아이가 친하게 지낼 수 있도록 유도했다. 아이는 어느새 모두의 친구가 되면서 촬영장의 기분을 북돋워주는 마스코트의 역할을 하게 됐다. 무엇보다 유리 씨가 아이를 좋아했기 때문에 가능한 일이었다.

그러던 어느 날, 배우들 연기지도를 하다가 잠깐 휴식하며 차를 마시는 사이 천막 한쪽에 있는 의자에 앉아 졸고 있는 비단이를 보고 나서부터는, 아침에 공장에서 일하고 나서 하루 내내 우리를 따라다니는 아이가 무척 안쓰럽다는 생각이 들기 시작했다. 말은 안하고 있지만 아마 매우 피곤할 것이다.

공장에서 어떤 일을 하는지도 궁금해졌다. 비단이처럼 작고 가냘픈 아이가 할 수 있는 일은 그리 많지 않은 게 보통이다.

그래서 하루는 원래 잡혀있던 야간 촬영을 길게 늘려 스텝과 배우들 모두가 다음날 늦잠을 잘 수 있도록 일정을 잡고 대신 나는 일찍 일어나 비단이가 일하는 공장에 가보기로 했다. 같이 가면 아이가 신경 쓰여 일을 제대로 못하게 될까봐 몰래 집 근처에 숨어 있다가 뒤를 쫓아가는 게 낫겠다고 생각했다.

야간 촬영을 무사히 마치고 다음날 예정대로 새벽같이 일어나 혼자 찬바람을 쐬며 비단이의 집으로 향했다. 평양의 치안 상황이 어떤 지는 전혀 들은 바가 없었기 때문에 어두컴컴한 골목을 두리번거리며 조심스럽게 걷는 수밖에 없었다. 내가 생각해도 이건 겁에 잔뜩 질려있는 초라한 행색의 시골 출신 아저씨가 걷는 폼이었다.

도착해서 살펴보니 아이는 어느새 밥상을 치우고 나갈 준비를 하고 있었다.

담장에 기대 있다가 문을 나서는 비단이를 조용히 따라갔다. 아직 해가 뜨기 전이라 어둑어둑해서 너무 멀리 떨어져 쫓아가면 놓치기 십상이었지만 그렇다고 가까이 따라붙을 수도 없었다. 거리가 조용한 탓에 발소리가 유난히 크게 들렸기 때문이다.

한 15분쯤 걸어서 도착한 곳은 1층짜리 작은 바이오 공장이었다. 창문으로 엿보니 그 안에 나이가 아주 많거나 아주 어린 8명 정도 되는 직원들이 앉아 일을 하고 있었다. 주로 물을 주고 작물을 바구니에 담아 옮기거나 하는 단순 작업이었다. 그래도 비단이가 하기에 힘든 일은 아니라 다행이라는 생각이 들었다.

그런데 문제가 발생했다. 간부로 보이는 남자가 들어와 공장을 한 바퀴 돌며 뭔가를 검사하다가 한 노인에게 굼벵이처럼 느려 터졌다며 마구 욕을 하는 것이었다. 그러면서 그는 바구니를 발로 차고 노인의 가슴을 밀쳐냈다. 나는 깜짝 놀라 몰래 엿보던 창문을 하마터면 건드릴 뻔했다. 흥분을 가라앉히고 계속 살펴보니 일하던 다른 사람들은 모른 체하고 자기 작업에 열중해 있었다. 비단이도 구석에서 조용히 일만 했다.

몇 분 지켜보니 의심스러운 점이 많은 공장이었다. 밖에서는 이상한 물질들이 계속 차로 입고되고 있었다. 노동자들은 그것을 곧장 재배실로 이동시켜 작업했다. 돌아가는 기계들은 있었지만 어쩐지 잘 갖춰났다는 느낌보다는 형식상 가동 중인 것처럼 보였다.

옆 사무실 창가 쪽으로 몰래 이동해서 내부를 들여다보니 판매장으로 옮겨질 포장된 제품들이 가득 쌓여 있었는데 제품명도 설명서도 아무것도 안 적혀 있었다. 창문은 의외로 쉽게 열렸다. 손을 뻗어 간신히 하나를 훔쳐내어 그걸 안주머니에 넣고는 들키지 않게 조심히 공장에서 나와 바로 택시를 탔다.

　황급히 호텔방으로 돌아왔다. 아직 다른 스텝들은 잠에 빠져 있는 시간이었다. 전화를 걸어 문 매니저를 불렀다. 곧 매니저는 좋은 아침이라는 인사를 막 하려는 듯한 표정을 하고 방으로 들어왔다.

　"감독님 무슨 일이라도 있으십니까? 저를 직접 불러주시고."

　"네 다른 게 아니고, 요 앞에 공장에 우연히 들렀는데 거기서 이걸 만들고 있더라구요. 이게 어떤 제품인지 알 수 있을까요?"

　매니저는 내가 훔쳐온 제품을 받아 들고 만지작거리더니 이내 얼굴을 찌푸렸다.

　"이건 불법 환각제입니다."

　"환각제?"

　"요즘 이런 게 극성이지요. 서울엔 없습니까?"

　"환각제가 아직 재배된단 말입니까?"

　"네, 우린 아직 좀 그렇습니다. 시에서는 몸에 해롭다하여 불법으로 금지하지만 아직 민간 사이에선 완전히 사라지지 않았습니다."

"그럼 환각제 공장을 단속할 수 있겠군요."

"네 물론이죠. 어디라고 하셨죠? 경찰을 부를까요?"

"네, 그래요……. 아니, 잠깐……."

경찰이 공장을 습격하면 비단이가 상처를 받는다. 물론 죄를 묻거나 하지는 않겠지만 아무튼 곤란해진다. 나는 일단 비단이가 일을 끝내고 집으로 돌아가길 기다렸다. 경찰은 정확히 2시간 후에 호텔로 오도록 부탁해 놨다. 그나저나 당장 일터를 잃게 될 비단이 생계가 걱정됐다.

마음이 심란해져 아침을 먹는 둥 마는 둥하고 곧바로 침대에 누워 세상 고민은 다 짊어지고 있는 것 같은 표정을 하고 있을 무렵 경찰들이 소란스럽게 호텔 앞에 도착해 연락해 왔다. 나는 경찰들과 함께 그 공장을 습격했고 곧 사장과 임원진들을 체포할 수 있었다. 그 안에 비단이가 없는 걸 확인한 나는 곧장 다시 호텔로 돌아왔는데 몇 시간 후 경찰은 나에게 전화를 해 그 공장은 즉시 폐쇄됐고 일하던 노동자들은 조사를 받은 후 귀가조치 되었다고 알려주었다.

경찰에게 들은 바로는 이런 소규모 공장들이 평양 주변에만 수백 개가 존재한다고 했다. 특히 다른 어떤 마약보다도 더욱 몸에 치명적이라 정부가 적극적으로 단속한다고 말했다. 그럼에도 근절이 안 되는 것은 가격이 싸고 환각제로서의 성능이 탁월한 이유 때문이었다.

나는 마음이 복잡해져 오후에 개시된 그날 촬영을 제대로 진행할 수가 없었다. 시간이 늘어지고 재촬영이 거듭되자 당장 스텝진의 불만이 튀어나왔다. 그래도 어떻게든 그날 일정은 마무리해야 했다. 나는 해가 저물 때까지 졸린 눈을 비벼가며 간신히 예정된 커트를 소화했다. 틈틈이 쉬고 있는 스텝들과 놀이를 하며 하루를 보내는 비단이에게는 그날 아침에 일어났던 일에 대해서 아무 말도 하지 않았다. 내일 공장에 나가보면 꽤 실망을 할 것이다.

다음날 촬영은 대부분 실내 신이었는데 옆자리에 비단이가 없으니 하루 종일 찜찜했고 원하는 장면도 만들어내지 못했다. 일정이 바빠 데리러 가지 못한다고 미리 말해뒀기 때문에 내가 오기를 기다리지는 않을 테지만, 비단이가 문 닫은 공장에서 돌아와 하루 종일 뭘 하고 있을까 생각하니 내가 책임감이 조금 부족했던 것은 아닐까하는 자책감이 들기도 했다.

매 영화마다 제작 단계에서는 늘 촬영 후반으로 가면 갈수록 집중력이 흐트러지곤 하는데 이번엔 비단이 문제까지 겹쳐 특히 더 상상력이 움츠러드는 것 같았다. 여러 가지 선택을 할 상황에 놓였을 때는 전처럼 빠른 판단을 할 수 없어 원칙을 따르는 것으로 만족해야 했다. 그리고 이동을 자주 하며 작업에 열중하는 것으로 막바지 촬영의 고비에 대처하는 수밖에 없었다.

저녁에 촬영을 끝내고 걱정스런 마음으로 혼자 비단이의 집으로 가봤다. 방에 불이 꺼져 있었다. 조심스럽게 집 안으로 들어가 방문을 두들겨봤지만 잠겨 있었고 인기척도 없었다. 물을 마시며 잠시 마루에 앉아 아이를 기다렸지만 밤이 늦도록 오지 않았다. 도저히 걱정이 돼서 이대로 돌아갈 수는 없었다. 점점 초조해졌다.

그때 터벅터벅 걸어 들어오는 비단이의 작은 발소리가 들렸다. 나는 벌떡 일어났다. 비단이는 나를 보자마자 달려와 안겼다. 그제야 안심이 된 나는 아이를 힘껏 껴안아줬다.

"어디 갔다가 이제와?"

"네……, 다니던 공장이 문을 닫아서요. 다른 일을 알아보러 다녔어요."

"그래?"

나는 눈물이 쏟아져 나올 것 같은 걸 간신히 참았다. 착하고 바른 아이였다.

"다행히 방금 전에 구했어요. 좀 멀지만 걸어 다닐 수 있어요."

"뭐하는 데니?"

"망원경 만드는 곳이에요."

"망원경?"

망원경이라는 단어를 듣는 순간 가슴 한 구석을 조여오던 모든 근심과 걱정이 한 순간에 어디론가 다 날아가 버린 것 같았다.

"진짜 큰 망원경을 봤어요. 통이 제 키보다도 더 커요."

"그래, 구경이 커야 밝고 선명하게 별을 볼 수 있는 거야. 그걸 만드는 곳에서 일하게 됐구나."

"네, 아직 계속 일할지는 모르겠어요. 사장 아주머니가 내일 나와 보라고 했어요. 제가 일을 잘해야 계속 쓸 것 같아요."

"물론 그렇겠지……. 그런데 망원경은 보통 로봇이 만드는데 아직 수작업을 하는 데가 있는 모양이구나."

"네, 공장도 되게 커요."

"저녁 먹었니?"

"아뇨."

배를 움켜쥐고 어색하게 웃는 아이를 당장 근처 식당으로 데려가 맛있는 저녁을 사주었다. 스파게티 소스를 입에 묻혀가며 정신없이 먹는 이 사랑스런 아이와 나는 잠시도 떨어져 있을 수가 없었다. 그날 난 비단이의 집에 있는 작은방에서 잤다. 비단이는 건넌방을 사용했다.

불을 끄고 누워서도 비단이는 열려진 방문을 통해 그동안 궁금해서 어떻게 살았을까 싶을 정도로 영화에 대해 많은 질문을 했다. 피곤하지도 않았던 모양이다. 나는 구체적인 정보 대신 영화를 어떻게 좋아하기 시작했는지 내 어린 시절 얘기를 해주었다. 호기심이 많은 비단이는 오히려 그런 것에 더 흥미를 느끼는 것 같았다. 희미한 달빛에 가끔 비단이의 얼굴이 보였다. 팔로 턱을 괴고 엎드려 내가 하는 말에 귀를 쫑긋하고 집중하는 모습이었다.

나는 어렸을 때에 누군가 어른의 말에 저렇게 귀 기울여 들은 적이 있었던가. 아니, 없었던 것 같다. 그럴 만큼 내가 듣고 싶은 얘기를 해준 사람은 없었으니까. 그럼 내가 하는 말을 잘 들어준 어른은 있었던가? 아니, 그런 일도 역시 없었던 것 같다. 내가 하는 얘기는 대부분 보통의 어른들에겐 홍미 없는 것들이었을 테니까.

내가 먼저 잠이 들어 그날 비단이가 언제까지 안자고 있었는지는 나도 모른다.

다음날은 약 한달 간의 촬영을 종료하는 날이었다. 그동안 큰 문제없이 모든 것을 잘 마무리할 수 있어서 다행이었다. 현지의 스텝들이 훌륭하게 내 지시를 잘 따라주었고 배우들과도 편히 작업할 수 있어서 가능했던 일이다.

평양광장에서 그렇게 어렵지 않은 마지막 신 촬영을 마치고 곧바로 호텔로 복귀했다. 유리 씨는 다른 촬영 때문에 먼저 서울로 돌아갔다. 촬영이 오후 일찍 끝나서인지 일찌감치 묘향산 트래킹에 나선 일행도 있었다.

호텔에서 준비한 저녁 파티 때에는 스텝들에게 잘 따라주어 고맙다는 점을 고백했다. 그 자리엔 비단이도 있었다.

"감독님, 그동안 즐거웠습니다."

북한 측 제작 부장이 감사를 표하며 나에게 선물을 주었다. 북한 특산 꿀이었다.

"제가 100살까지 사는 게 목표인데 감독님 영화 앞으로도 많이 봤으면 좋겠습니다."

한 젊은 스텝이 말했다.

"하하~ 네, 감사합니다. 여러분과 함께 작업했던 기억 소중히 간직하겠습니다."

모두가 박수를 쳐주었다. 그들 모두를 잊을 수 없었다.

파티가 끝난 후엔 아직 편집이 덜 된 그동안의 촬영 분을 간이 스크린에 영사해 호텔 앞 광장에서 시연했다. 호텔에 묵고 있던 사람들과 호텔 관계자들이 지켜보며 축하했고, 나에게 특별히 친절했던 문 매니저도 와인 한잔을 건네며 다가와 내 옆에서 쭉 영화를 감상했다.

비단이는 자신이 엑스트라로 나온 장면에서 손가락으로 자기를 가리키며 웃었다. 모두가 함께 웃고 떠들며 같은 마음으로 박수를 치는 그 자리가 나는 너무 좋았다. 그날처럼 영화 감독이 된 것이 행복했던 때는 없었던 것 같다. 현지 스텝들은 감동적인 내용도 좋았지만 평양 시내도 매우 아름답게 그렸다며 영상미를 칭찬했다.

그렇게 흥분됐던 하루가 지났다. 배우들과 스텝들은 일부를 제외하곤 모두 서울로 돌아갔지만 나는 며칠간 더 평양에 머물기로 결정했다. 호텔에서 중국 스텝들을 만나 최종 점검을 하기로 했기 때문이다. 우리에겐 다시 두 달 후에 있을 중국에서의 2차 촬영이 기다리고 있다.

서울의 제작사와 화상통화를 한 뒤 몇 명의 중국 관계자들과 함께 오후 내내 기술회의를 하고 나니 또 하루가 지나갔다. 조감독은 쉬는 게 쉬는 것 같지 않다며 피로함을 호소했다.

다음날 간편한 옷차림으로 이번에도 역시 아무도 모르게 비단이가 새로 일을 시작한 작업장을 주소가 적힌 쪽지에만 의존한 채 무작정 찾아갔다. 문 매니저에 의하면 최근 평양에서는 우주개발 붐이 한창이라 한다. 정부 차원에서 몇 십년 준비하고 투자해온 결실이 최근 이루어지고 있는 것이다. 시민들 사이에서 우주에 대한 관심이 많아지자 망원경 제작업도 성행하기 시작해 평양 시내 곳곳에 있는 공장에서는 좀 더 나은 품질을 두고 경쟁이 활발하게 일어나고 있다고 했다.

도착한 공장은 최신 설비가 있는 곳은 아니었지만 분위기는 전에 비단이가 다니던 곳과는 완전히 달랐다. 경쾌한 음악이 흘러나오는 가운데 수십 명의 직원들이 즐거운 표정으로 작업에 열중이었다. 작업실 가운데쯤에 비단이가 보여 살며시 가까이 다가가 살펴보니 비단이는 망원경에 들어가는 소형 부품을 조립하고 다듬는 앙증맞은 일을 하고 있었다. 꼼꼼한 아이의 손재주에도 맞고 다칠 일도 없어서 안심이 되었다.

내가 온 것을 알고 비단이는 깜짝 놀라면서도 자신이 하는 일이 자랑스러운 듯 매우 뿌듯해하는 표정으로 이것저것 나에게 설명해주었다. 공장에서 사장을 비롯한 노동자들은 모두 그런 나를 비단이의 부모처럼 대해주었다. 나는 그곳 직원들에게 간식거리를 사주기도 하고 남는 일도 도와주며 그들과 가까워지려 노력했다.

다음날 오전에 중국 스텝들을 공항까지 배웅하고 돌아와 모처럼 편안한 마음으로 호텔에서 책을 읽거나 티비를 보며 휴식을 취했다. 서울에서 후반 작업을 하고 있던 후배들과 통화를 하며 간단한 지침을 준 뒤 저녁이 되자 조감독과 함께 다시 비단이의 망원경 공장에 들렀다. 날이 워낙 좋아서 근교로 별을 보러 갈 계획이었다.

먼저 도착한 우리는 비단이가 일을 마치기를 기다렸다가 같이 나오면서 자그마한 망원경 하나를 빌렸다. 그래도 차에 실으니 뒷좌석을 완전히 차지하며 꽉 들어가는 크기였다.

비단이는 예정에 없던 여행에 흥분이 되는지 별 보기 적당한 장소를 찾아 한적한 지방도로로 드라이브를 하는 동안 내내 수다를 떨었다. 우리는 삶은 계란을 나눠먹었다.

"감독님, 제가 길을 전혀 모르니까 쭉 가다가 딱 여기라고 말씀해주세요."

"그래, 일단 직진……. 날이 풀려서 춥지 않네. 비단이도 안 춥지?"

"네, 전 괜찮아요."

시원하게 뚫린 고속도로를 따라 얼마쯤 달리니 멀리 희미하게 큰 호수가 보였다. 바로 여기라는 말을 그때 했다. 도로에서 빠져나와 호수로 향했다. 주위가 조용하고 달빛도 없어 어두웠으므로 별을 보기에는 적당한 곳이었다. 호수가 내려다보이는 약간 언덕진 곳에 조심스럽게 주차를 하고 밖으로 나왔다.

우린 망원경을 들고 좀 더 높은 언덕으로 올라갔다. 산으로 둘러싸여 있는 주변을 보니 무섭기도 했지만 한편으론 아늑하고 좋았다.

"엄마를 따라 시골에 자주 갔었어요. 여기하고 비슷해요."

"그렇구나."

"엄마는 풀벌레 소리가 들리는 곳을 좋아했어요. 아빠를 따라 평양에 온 뒤로는 들을 수가 없다며 아쉬워했어요."

낮은 풀들로 이루어진 언덕에 홀로 서 있는 큰 나무가 보여 그 앞에 바닥에 장판을 깔고 망원경을 설치했다. 그리고 별을 보았다. 어릴 때 보던 망원경과는 차원이 달랐다. 요즘은 렌즈기술이 무척 발달되어 있어서 작은 망원경으로도 매우 밝은 상을 볼 수 있었다.

"우와~ 잘 보여요. 저건 뭐예요?"

"우리 은하 가운데에 있는 큰 산개성단이야. 이것으로 보니 아주 밝구나."

"하늘이 모두 하얗고 반짝이는 점들로 보여요. 보석 같아요."

비단이는 망원경으로 하늘을 처음 보는 모양이었다. 눈으로 보고는 있지만 저런 게 정말 하늘에 떠 있는 것인지 믿겨지지 않는 듯 매우 들떠 있었다.

호텔에서 가져온 김밥을 나눠먹었다. 평소 이런 일에 훈련이 잘 돼 있는 조감독은 차에서 이런 저런 장비를 가져와 미니 식탁도 만들고 조명도 밝혔다.

의자에 앉아 맛있게 김밥과 초코우유를 먹고 있는 비단이를 물끄러미 보다가 딸 생각이 났다.

"나랑 같이 서울로 갈래?"

"서울이요?"

"나한테 딸이 하나 있는데 너랑 7살 차이나. 언니가 생기면 좋지 않을까?"

비단이는 대답 대신 미소를 지어보였다. 긍정도 부정도 아니었다. 새로운 세상으로 가고 싶은 설레는 마음, 집과 고향과 주변 사람들을 더 못 보게 될 지도 모른다는 불안감, 자신에게 도움을 주는 사람들이 많은 것에 대한 행복감, 그리고 그들 모두에게 향한 고마움 등 이 모든 감정들이 비단이의 마음 안에서 맴돌고 있을 것이다.

"당장 대답하지 않아도 좋아."

비단이는 수줍게 웃고 있었다.

"내일 뭐할까? 뭐하고 싶니?"

"내일요? 음……."

"비단이 집 예쁘게 꾸며볼까? 내가 도와줄게……. 그리고 머리도 깎으러 가자. 좋은 미용실을 알아놨거든."

"정말요?"

"그럼."

나는 들떠있는 비단이를 위해 근처 풀잎을 몇 개 뜯어 피리를 만들었다.

"엄마가 이런 소리를 좋아했겠구나."

피익~ 피익~ 풀벌레 소리를 내니 비단이가 더욱 즐거워했다. 작은 걸 하나 만들어 줬다. 그리고 당장 생각나는 멜로디인 슈베르트의 아베마리아를 불었다. 비단이는 멜로디를 듣더니 자기도 아는 곡이라며 곧 따라 불었다. 시원한 여름 밤바람이 우리가 누워있는 풀밭 주변을 휘감아 도는 게 느껴졌다. 맑고 깨끗한 하늘에선 금방이라도 별들이 쏟아져 내려올 것만 같았다.

그때 멀리 나지막한 산등성이 사이로 위성로켓이 발사되어 하늘로 뻗어 올라가는 모습이 보였다. 까만 밤하늘이 땅에서부터 희미하게 밝아오자 매우 신비로운 풍경이 연출됐다. 감탄사가 절로 터져 나오게 하는 장면이었다. 내 풀피리 소리에 취해 눈을 감고 있다가 깜짝 놀란 조감독은 재빨리 더 높은 곳으로 올라가 사진을 찍느라 정신이 없었다.

"이야! 감독님 이거 알고 오신 거예요? 정말 멋져요."

"아냐 몰랐어."

나와 비단이는 아무 말 없이 위성로켓이 점으로 보일 때까지 올려다봤다. 올라가고 남은 자리엔 로켓 구름이 뭉게뭉게 퍼져나갔다. 사진은 잘 찍고 있는 것인지 물어보려고 돌아보니 조감독은 어느새 우리완 좀 떨어진 더 높은 곳으로 올라가 삼각대를 설치해놓고 촬영을 하고 있었다.

아직 희미하게 로켓의 모습이 남아 있을 때쯤 얼마 떨어진 하늘의 다른 곳에서 다시 빛 하나가 나타났다. 나는 그것이 무엇인지 단번에 알 수 있었지만 비단이의 눈엔 하늘로 올라간 로켓이 다시 내려오는 것처럼 보였을 것이다. 그건 노란공 톤토였다. 톤토는 곧 나와 비단이가 서 있는 자리 근처까지 내려왔다. 로켓도 아니고 하늘에 있는 보석도 아닌 것이 가까이 접근해 살아 있는 생명처럼 자유자재로 움직이자 비단이는 놀란 표정으로 큰 눈을 깜빡이며 그를 뚫어져라 보고 있었다.

나는 비단이를 안심시키려고 다시 풀피리를 불었다. 한참 동안 톤토의 신비한 생김새에 당황해하던 비단이도 곧 나를 따라 피리를 불었다. 톤토가 그 리듬에 맞춰 위 아래로 움직이며 춤을 추는 가운데 우리의 풀피리 소리는 조용한 이곳

마을을 넘어 멀리 멀리 울려 퍼져 나갔다.

그리고 곧 우린 톤토의 안내에 따라 함께 하늘로 떠올랐다. 공중에 몸이 뜨자 비단이가 신이 난다며 마구 고함을 질렀다. 조금 더 올라가면 아마 그렇게 즐겁지만은 않을 거라고 중얼거렸다. 정말 그랬다. 10미터, 20미터, 위로 점점 더 높이 떠오르자 비단이는 이젠 무섭다며 꺅꺅 소리를 질렀다. 그리고는 내 팔을 아플 만큼 꼭 잡았다. 나는 장난기가 발동해 몇 번 바닥으로 툭 떨어지는 시늉을 했다. 그때마다 비단이는 화들짝 놀라며 더욱 꼬옥 안겼다.

아래를 내려다보니 우리가 어디로 갔는지 두리번거리는 조감독의 모습이 보였다. 내가 손가락으로 조감독의 우스꽝스런 모습을 가리키자 비단이의 웃음이 터지고 말았다.

나는 톤토가 빙글빙글 춤추며 올라가는 방향에 맞춰 비단이의 손을 잡고 고요한 밤하늘 속을 같이 헤엄쳤다. 왼손을 저으면 왼쪽으로 오른손을 저으면 오른 쪽으로 몸이 움직였다. 마치 바닷속에 와 있는 것 같았다. 비단이도 공중에 적응이 되었는지 내가 하는 대로 따라 했다. 우린 그렇게 공중을 행복하게 떠다녔다.

이런 기분은 오랜만에 느껴보는 것이다. 어릴 때 공중에 10

센티 떠서 움직일 수 있었을 때 처음 만끽했던 그 기분 그대로였다. 처음 공중에 떴을 때 내 새로운 인생이 열렸던 그때의 기분이었다. 아무도 믿어주지 않아 홀로 만족해야 했던 나만의 비행. 그러나 이젠 아니다. 내 옆엔 사랑스런 비단이가 있다.

새삼 많은 시간이 흘렀음을 깨달았다. 나도 변했고 세상도 많이 달라졌다. 앞으로 또 내 앞에 어떤 세상이 펼쳐질까? 어릴 때나 지금이나 난 여전히 세상이 궁금하다.